KB213365

어린이와 더불어 사는
이야기집을 짓다

이야기 창작의 과정

어린이와 더불어 사는 이야기집을 짓다
— 이야기 창작의 과정

지은이 황선미 | **초판 1쇄 발행** 2025년 4월 15일 | **펴낸곳** 문학과지성사 | **펴낸이** 이광호 | **주간** 이근혜 | **마케팅** 이가은 허황 최지애 남미리 맹정현 | **제작** 강병석 | **등록번호** 제1993-000098호 | **주소** 04034 서울 마포구 잔다리로7길 18(서교동377-20) | **전화** 02)338-7224 | **팩스** 02)323-4180(편집), 02)338-7221(영업) | **홈페이지** www.moonji.com | **전자메일** moonji@moonji.com | **저작권 문의** copyright@moonji.com

ISBN 978-89-320-4357-9 03800

편집 문지현 | **디자인** 유자경

어린이와 더불어 사는
이야기집을 짓다

이야기 창작의 과정

●

황선미 지음

문학과지성사

흔한 질문에 대한 사적인 변명

인터뷰 때나 초대받은 자리에서 자주 듣는 질문들이 있다. 이미 어른인데 어떻게 아이들 심리를 실감 나게 묘사하는가, 혹시 작품을 위해 아이들을 관찰하거나 취재하는가, 어떻게 하면 관심을 끌 만한 동화를 쓸 수 있나 하는 것들이다. 초등학생의 질문은 꽤 직접적이다. "베스트셀러 작가 되는 방법이 뭐예요?" "베스트셀러 작가 되면 돈 많이 벌어요?"

동화 작가를 만나면 으레 던져 보는 질문 같기도 하고, 정말로 비법이라는 게 있는지 알고 싶은 것 같기도 한데 나로서는 매번 대답이 쉽지 않다. 기본을 건너뛰어 지름길로 가겠다는 것인가 싶기도 하고 맞춤한 답을 내가 알고 있나 의문이 들기도 해서 말이다. 설령 핵심 정보가 있다고 한들 나의 대답이 질문자의 몫이 될 리 없다는 사실은 문학에 작은 관심이라도 있는 사람이라면 알 것이다. 문학 작품이란 창작자의 몸을 관통하는 결과물이다. 나로서는 독서를 많이 하라거나 지치지 말고 열심히 쓰라거나 주변에서 벌어지는 일들을 잘 관찰하라는 다소 뻔한 대답을 할 수밖에 없었다. 돌려서 말할 게 없기도 하고, 창작자의 중요한 태도나 작법을 알려 준다고 해도 질문자에게 맞춤한 답이 되기 어려운 줄 알기 때문이다.

뻔하다고 했으나 이 답은 매우 중요한 내용의 간단한 표현이다. 혹시 아이들을 관찰하거나 취재하느냐는 질문에는 당연히 그래야 하는 과정을 놓친 게 아닌가 싶기도 했다. 나의 쓰기는 늘 분석하고 계산한 작업 계획서에서 출발한다. 현실의 아이들을 관찰해서 묘사하는 일이 그다지 없다는 뜻이다. 필요하면 취재도 인터뷰도 해야겠으나 나는 이 방식에 익숙하지 않다. 주변에 모델로 삼을 만한 어린아이도 없고 그런 시도를 해 본 일도 거의 없다. 주변 인물을 모델 삼아 취재해야 한다면 나는 아마 그 모델로 인해 상당한 압박을 받을 것이다. 동화를 잘 쓰는 비법에 대해서든 베스트셀러가 되는 비법에 대해서든 나는 늘 대답이 궁색한 사람이다.

동화가 서사 문학에 기반을 두고 있다는 사실부터 말

하고 싶다. 이런 대답이 질문을 회피하거나 사적인 변명으로 들릴 수도 있다는 걸 안다. 그러나 '동화는 서사 요소를 기반으로 구축된 세계'라는 인식은 중요하고 나의 경험을 곁들여 전개하려는 이번 저작의 핵심이기도 하다. 서사 요소를 기반으로 단단하게 만들어진 작품이라야 이야기 전개나 인물의 심리에 독자가 공감할 수 있고 베스트셀러의 기회도 생기지 않겠나.

무엇부터, 어디서부터, 어떻게 시작해야 할지 모르니 이런 질문을 할 수밖에 없을 것이다. 동화 창작에는 '무엇', '어디서부터', '어떻게'가 모두 중요하고 이밖에도 갖춰야 할 미묘한 주요 조건들이 꽤 많다. 그러므로 동화 창작의 기반에 해당하는 '주요 조건'들을 거론할 수밖에 없다. 설명을 보완하기 위하여 이 책에서는 동화와 그림책을 예로 활용할 것이다.

어린이와 동화

어린이란
무엇일까

　　동화 창작에 관심을 가졌다면 어린이라는 존재에 대해 진지하게 고민한 적이 있는지 생각해 볼 일이다. 어린 사람. 어른과 구별되는 사람. 순수한 존재. 보호가 필요한 존재. 취약한 대상 등등. 어린이를 규정하는 표현들이야 얼마든지 더 있을 것이다. 동화 창작을 시도하는 사람들은 어린이에 대해 자주 이렇게 말한다.

　모호한 존재.

　알려고 들면 더 모르겠고 안다고 생각했는데 아니더란다. 우리 모두 어린이에서 여기까지 온 사람들임에도 불구하고 그야말로 알다가도 모를 존재라며 고개를 젓는다. 나는 답을 알고 있을까. 천만에. 나 역시 이 대상을 이해하고자 고민하고 노력할 뿐이다. 동화를 쓰게 되면서 어린이라는 대상에 집중하는 버릇이 강해지기는 했다. 생각해 보니 창작 이전부터 나는 어릴 때 감정을 제법 기억하는 편이었다. 아마도 외로웠던 경험, 슬프고 억울했던 일 때문에 그런 감정이 더 선명했던 모양이다. 그래서 아이들 가운데 유독 그런 상대에 마음이 쓰이고, 그 마음이 어떨지 알 것도 같다. 그러해도 여전히 이 존재는 해독이 쉽지 않다. 어른이 제각각이듯 어린이도 사람마다 다르고 성장 변화가 빨라서 내가 알던 아이가 어제의 아이가 아닌 경우가 허다하다. 그러니 어린이와 소통하거나 동화 창작을 원한다면, 이 존재를 이해하려고 노력하는 수밖에 없다. 어린이 입장이 돼 보려고 하면 조금은 알 것도 같다. 우리 모두 한때는 아이였으니 어느 정도는 가능할 것이다. 우리가 어린 시절을 깡그리 잊은 건 아니니까.

동화에서 가장 중요한 점은 무엇일까

당연히 어린이다.

흔히 동화를 '어린이를 위한 문학'이라고 한다. 이런 말을 들으면 '~를 위한'이라는 이 표현이 적절한가 하는 생각이 든다. 과연 어린이를 위해 이 문학에 매진하고 있는가에 대한 일종의 반성이다. 순수하게 문학적 충동에 의한 이 작업을 그런 말로 포장해도 되나 싶기도 하고, 무슨 변명이라도 해야 할 것만 같다. 고백하자면, 어린이를 위해 봉사 활동이라도 하는 것 같은 '~를 위한'이라는 표현이 나로서는 낯간지러울 뿐만 아니라 불편한 게 사실이다. 결론부터 말하자면 동화는 우리 모두에게 통하는 우리 모두의 전유물이다.

동화는 작가가 사회의 어떤 문제를 바라볼 때 어린이라는 존재와 더불어 접근하는 문학이고, 어른과 같은 공간에 놓인 어린이 편에서 사유하는 문학이며, 어린이는 어린이만의 시각으로 문제를 바라본다는 사실을 인정하는 문학이다. 이것이 창작에 앞서 먼저 짚어야 할 요점이다.

창작에 필요한 조건들을 살피기 전에 동화의 특징과 어린이 개념을 간단히 정리할 필요가 있다. 동화는 서사 문학의 요건을 기반으로 하면서도 어린이의 이해를 중심에 둬야 하므로 소설과 달리 좀 더 어린이 시각에 맞춰진 섬세한 준비가 필요하다.

어린이에 대한 인식은 시대마다 문화마다 달랐다. 어린이를 존중하고, 어린이다운 옷을 입히고, 어린이에 맞는 놀이와 교육의 필요성을 인정해 준 역사가 그리 길지 않았다. 지체 높은 집안의 아이가 아니면 이름도 지어 주지 않았고, '이 녀석, 저 녀석' '아들놈, 딸년' '자식놈' '애녀석' 같은 소리를 당연시하고, 음식이며 노동에서도 어른과 구분이 거의 없었던 시대에 어린 존재에 대한 인식이 있었을 리 없다. 걸음마를 떼면 어른 일손을 거드는 게 당연하고, 음식이며 놀이 등 일상의 모든 걸 어른과 공유하다가 근대에 이르러서야 어린이 개념이 자리를 잡기 시작했다.

우리나라에서 '어린이'라는 용어가 처음 등장한 것은 잡지 『청춘』 창간호(1914)에 악보와 함께 실린 시 「어린이의 꿈」에서였다고 한다. 이 시에서 어린이는 악보의 제목에만 있고, 시적 화자로서의 의미나 시상 전개로 살펴보았을 때 어린이는 『청춘』의 주 독자층은 '젊은이'로 이해된다. 방정환에 이르러서야 '어린이'는 '젊은이'와 구별되어 보통 명사 '어린이'로 등장하게 되었고, 이 용어는 이전과는 다른 심상으로 새로운 가치와 이미지로 자리 잡았다고 할 수 있다.

그로부터 100여 년이 지났다. 현재 우리 사회의 어린이에 대한 인식이 얼마나 달라졌을까? 분명히 달라진 것도 있을 테지만 어떤 면에서는 별 차이가 없기도 하다. 어린이는 여전히 어른의 강요와 억압에서 자유롭지 못하고 어떤 경우에는 어린아이다움조차 인정받지 못하고 있다. 그래서 동화를 통한 작가들의 발언이 필요하다.

어린이는 신체적으로 미숙하고 경험이 충분치 않은 존재이다. 이들에게는 자신의 시계에 맞춰 성장할 권리가 있고, 동화는 어린이가 어린이답게 세상을 배워 나가는 게 자연스러운 일임을 인정하는 태도를 가질 필요가 있다.

아동 문학과 동화를 동일시하는 경우가 있는데 엄밀히 동화는 아동 문학의 한 분야이고, 동심을 기반으로 한 서사 형태라는 점을 밝힌다.

동심이란 말은 '어린아이의 마음'이라는 해석 이상의 의미를 내포하고 있다. 동심을 기반으로 한 동화에 대해 '어린이 독자를 위해서 어른 작가가 지은 이야기'로 설명하는 건 사실일지라도 동화의 정의를 축소하는 표현이다. 동화 수용자를 어린이로 한정 짓는 태도이자 작가를 어린이와 분리하는 인상을 주기 때문이다. 동서양의 철학가들이 동심을 사람의 첫 마음 혹은 철학의 마지막 단계로 정리한 내용을 미루어 보건대 동심이 근간인 동화는 우리 삶의 모든 단계에서 작동하는 문학이 분명하다. 동화를 창작하기 위해 작가는 어린이 시점을 확보해야만 하는데, 이때 작가는 어린이와 구분되지 않을 정도로 화자에 밀착해야 하고 작가인 어른이 보이지 않아야 공감을 얻을 수 있다.

동화 창작이란 무엇일까

당연히, 동화를 창작하는 게 동화 창작이다. 이 당연한 말에 혹시 간과하는 게 없는지, 중요한 의미를 놓치고 있는 건 아닌지, 그 이야기를 먼저 짚고 넘어가야 한다. 동화라는 용어 속에는 어린이, 어린이의 삶, 어린이의 시간, 어린이의 시점, 이야기 속성 등등이 포함돼 있다. 그중에 먼저 살펴보고 싶은 게 어린이라는 존재에 대한 인식이다. 그래서 동화 창작을 '어린이와 더불어 사는 이야기집을 짓는' 일로 비유해 보았다.

동화를 창작할 때마다 문자를 하나하나 실에 꿰어서 뜨개질하는 기분이 든다. 색색의 실을 나만의 방식으로 꿰어서 내가 원하는 대로 완성한 결과라는 점에서 그러하다. 어느 지점에서 실수로 코 하나를 빠뜨리면 그 하나 때문에 전체가 무너지고 그간의 노력이 무너지고 만다. 요리에 빗대어 말할 때도 있는데, 현실에서 고른 재료를 가지고 다른 작가와 차별화된 한 그릇을 내놓는 요리와도 동화 창작은 꽤 유사하다고 할 수 있다.

또 어린이와 더불어 사는 집을 짓는 과정으로 설명할 수 있다. 굳이 이렇게 설명하는 것은 이 집의 당연한 구성원으로 어린이가 존재한다는 사실을 분명히 하고자 함이다. 학교와 가정 등 어린이가 속한 사회에서 어린이와 관련된 문제들이 빈번하게 발생하고 있다. 그때마다 매스컴이 작동하고 대중에 알려지는데 이때 누구의 편에서 문제를 바라보는지 생각해 보자. 문제의 사건이든 매스컴이든 어른 중심으로 펼쳐지고 그 중심의 어린이는 일종의 대상에 불과한 경우가 허다하다. 어린이가 문제를 해결하는 주체가 되어야 한다는 말이 아니다. 어린이 편에서 고민하려는 시도가 필요하다는 뜻이다. 동화는 어린이의 입장을 고려하는 일종의 매스컴일 수 있다. 어른 중심의 세계에서 어린이가 소비되거나 무시당하지 않고 본래의 가치대로 존재하는 것이 동화 창작의 기본임을 분명히 하는 것은 동화 창작에서 매우 중요한 태도이다.

동화를 창작하려면 내면에 은닉된 나의 어린 시절에 기댈 필요가 있다. 내가 만약 이런 일을 그때 겪었다면 어땠을지 고민하다 보면 어린 시절의 '나'가 때로는 답을 주기도 한다. 어린 시절의 '나'는 옛날 사람이고, 지금 창작에 필요한 화자는 현재 인물이라 곤란하다고 할 수도 있다. 시대가 달라져도 사람은 사람이다. 우리는 사람 이야기를 하려는 것임을 기억해야 한다. 의사소통에 대한 예를 들어볼 수 있다.

먼 과거에는 의사를 전하려면 직접 찾아가야 했을 테고 이후에는 전보나 편지, 요즘은 스마트폰, 이메일, SNS를 이용하니 소품의 정보만 보면 시대 차이가 난다. 아마도 미래에는 상상도 못할 소통 방식이 등장할 것이다. 이런 소품은 서사 요소 중 시대 배경을 설정할 때 중요해지는데, 지금 하려는 이야기는 어린이(사람)에 대한 것이니 소통 방법이 아닌 소통하려는 사람이 요점이면, 과거나 지금이나 사람은 사람일 뿐이라는 점에 방점을 둬야 한다. 어떤 시기에 신체적 변화가 일어나고, 늙고, 아프고, 희로애락을 겪고 죽음에 이르는지 등 사람의 속성이란 시대와 별 상관이 없지 않은가.

너무 어렵게 생각하지 말자. 어린이를 어른과 분리된 별개의 대상으로 보지 않아야 한다. 어린이는 변화가 빠른 시간적 존재이고 우리 모두 어린이의 시간을 거쳐 어른이 되었음을 인정하며 어린 시절 경험 또한 창작의 자산으로 활용할 수 있어야 한다. 어린이와 어른은 이어져 있다. 당신이 곧 어린이일 수 있음을 받아들이면 된다.

다시 처음 질문으로 돌아가 보자.

질문의 요지는 창작을 어떻게 할 것인지에 있었다. 여기에 대한 분명한 대답을 가진 사람도 아마 있을 것이다. 그러나 나를 포함하여 내가 아는 작가들 대부분은 깊은 고민과 개인 경험으로 창작 과정의 문제들을 해결한다. 창작의 비법이나 지름길이란 아마도 없을 거라는 뜻이다. 모든 문학이 그렇듯 동화 역시 문자로 짓는 세계이고, 미련하다 싶을 만큼 요행이 통하지 않는 작업이다. 문학도라면 누구나 창작 과정에서 서사의 요소를 고민해야 할 때가 있다. 소재, 주제, 시점, 인물, 구성, 문체 등등. 서사는 이런 요소를 무시하고는 진행이 어렵다.

나는 문학적 표현이 즐거워서 지금까지 이 일을 해 오고 있다. 할수록 재미있고, 더 잘해 보고 싶고, 할 이야기가 점점 더 많아진다. 그러나 여전히 컴퓨터의 빈 모니터를 보면 시작이 망설여지고 이야기 전개가 다 정해졌어도 첫 문장은 늘 어렵다. 시작이 막막하고, 온종일 겨우 몇 줄만 쓰고 마는 경우가 허다하다. 그러니 되도록 비법을 찾기보다 기본에서부터 시작하라는 말을 할 수밖에 없다. 창작이란, 서사의 요소들을 하나하나 이해하고, 강화하고, 각자에게 맞는 방법으로 확장하는 일이다. 서사의 요소들을 단단하게 준비하는 과정에서 부터 작가 개개인의 서사 분위기가 정해지게 마련이다. 내가 원하는 방식으로 작정하고 전개하기 때문이다.

창작에 앞서 작업 계획 단계라는 게 있다. 소재가 생기면 일단 쓰고 보는 사람도 있을 것이다. 결말도 정하지 않고 생각나는 대로 쓰는 방식을 선호하는 사람도 있을 것이다. 생각나는 대로, 결말도 정하지 않고 쓴다는 어느 유명 작가의 에피소드를 접하기는 했다. 창작의 여정을 모험처럼 여기는 듯해서 흥미로웠는데 그것은 그의 스타일이고, 가능하면 철저히 작업 계획을 세우고, 혹시 뜻대로 진행되지 않을 때를 대비해서 작업 노트를 만들기를 바란다.

작업 계획이란, 어떤 문제를 누가 바라보는가를 알수 있게 해 주는 작가의 양상이 가시적으로 드러난 지도 같은 것이다. 창작자의 마음에 들게끔 서사 라인이 그려진 표이자 한 작품의 탄생 자료 중 맨 처음 증거인셈이다. 여기서부터 창작자의 가치관과 개성이 확보된다. 표절이 아닌 이상 서사 요소를 준비, 강화하는 과정에서 창작자의 의도가 자연스럽게 녹아들기 때문이다.

꽤 많은 이들이 엄마 뱃속에서부터 동화를 만난다. 성장 과정에서 가장 먼저 접하는 문학 형식이 바로 동화인 것이다. 태교 동화에서부터 잠자리에서 부모가 읽어 주는 동화, 글자를 몰라도 볼 수 있는 그림책, 신체와 정신이 급격하게 변하는 사춘기 때에도 동화를 만난다. 하지만 사춘기 이후 고학년이 될 때쯤 아동 문학에서 멀어진다. 특별한 경우가 아니면 중고등학교 때는 접할 기회조차 없다. 그렇게 동화 읽기는 청소년기에서 멈춰 버리고 마는 게 현실이다.

강의실에 온 대학생들에게 첫 시간에 물어보면 어렸을 때는 동화를 읽었는데 그 뒤에는 읽은 적이 없고, 수업을 위해 몇 년 만에 읽는 거라고 한다. 학생들은 당연히 쓰기에 어려움을 겪는다. 시, 소설 쓰기보다 동화 창작이 더 어렵다고 한다. 너무 오래 동화에서 멀어져 있었는데 새삼스레 창작자가 되려니 생소한 게 당연하다. 더구나 어린 시절에는 수동적인 독자일 뿐이었다. 적극적으로 창작을 하려고 해도, 문학적 소견을 갖추었어도 동화 창작에는 경험이 없으니 시작이 만만할 리 없고 번번이 좌절을 맛보는 건 너무나 당연하다. 여기에, 동화를 어린이의 전유물로 보는 경향도 이미 생겨나 있다. 많은 이들이 동화는 어린이를 위한 이야기라고 한다. 본인들은 이미 어른이라는 생각으로 어린이를 타자화하는데, 동화를 창작하려면 이 사고를 전환해야 한다.

흔히 어른다운 독서란 동화 읽기와는 다르다고 생각을 하는 모양이다. 두껍고 어려운 책, 어른들의 이야기, 거대 서사를 상위에 두고 아동 도서를 변방으로 규정하는 경향이 있는 것이다. 때로는 철이 들면서 어린 시절을 졸업해 버린 양 말하면서도 마음 깊은 곳에 마치 고향처럼 어릴 때의 정서를 간직하고 중요하게 여기는데, 이 모순적인 정서가 바로 동화를 어린이의 전유물로 규정하는 오류이다.

어른과 어린이를 나누는 이 점이 바로 동화 창작 단계의 첫 어려움이자 먼저 교정해야 할 문제이다. 동화를 창작하려는 사람, 동화로 내 아이와 소통하려는 사람 모두의 문제라고 해야겠다. 이 문학의 주체인 어린이라는 존재가 점점 모호하게 느껴지는 이유는 간단하고 분명하다. 어린이와 동화를 어른과 구분 지었기 때문에 진지하게 노출된 시간이 그만큼 없었을 뿐이다.

동화의
특징

창작에 필요한 조건들을 살피기 전에 동화의 특징을 간단히 살펴보기로 한다. 동화는 서사 문학의 요건을 기반으로 하면서도 어린이의 이해를 중시해야 하므로 좀 더 섬세한 이해가 필요하다. 동화를 어린이 독자를 위해서 어른 작가가 지은 이야기로 정리하는 경우는 타당하면서도 동화의 정의를 축소하는 일이다. 창작자는 어린이와 분리되는 위치가 아닌 화자인 어린이와 밀착되어야 독자의 공감을 얻을 수 있다. 어린이는 세상에서 가장 정직한 독자이기 때문이다.

동화 창작에 관심을 가진 이유가 무엇인지 먼저 생각해 보았으면 한다. 나는 동화가 어린아이처럼 간결한 모양으로 세상 이야기를 능청스럽게 담아내는 방식이 마음에 들었다. 동화에는 솔직한 감정을 군더더기 없이 순진하게 표현하면서도 정곡을 찌르는 명징함이 있다. 허위의식이 필요치 않고 에두르지 않는 순수함이 있으면서 상대를 똑바로 보는 듯이 당돌하다. 나는 그런 면에 매료되었다.

아놀드 로벨의 작품들로 동화의 매력을 알아봐도 좋을 것이다. 『개구리와 두꺼비가 함께』(비룡소 1996) 시리즈의 주요 인물은 개구리와 두꺼비이다.

이 작품의 여러 장점 가운데 눈에 띄는 것은 간결한 문장과 군더더기 없는 전개이다. 내용 또한 아이처럼 천진하지만 확보한 의미는 단순하지 않다. 자기 꽃밭을 부러워하는 두꺼비에게 개구리가 꽃씨를 주면서 땅에 심으면 금방 꽃이 필 거라고 말해 주는 장면이 도입부이다. 개구리가 시킨 대로 씨앗을 땅에 묻었으나 꽃은 금방 피지 않았고, 경험이 없는 두꺼비는 땅에다 대고 빨리 자라라고 소리를 지르기 시작한다. 그걸 본 개구리가 꽃씨들을 며칠 동안 그대로 놔두라고 했고, 그 며칠 동안 두꺼비가 꽃씨들을 걱정하며 밤에 촛불을 켜 주고 이야기를 읽어 주고 노래를 불러 주는 과정이 천진하게 펼쳐진다. 그러다 꽃씨들이 싹을 틔운 것을 두꺼비가 확인한 것으로 이야기가 끝난다. 얼핏 단순하고 어리숙해 보일 수도 있는 내용인데, 이 짧은 이야기에서 동화의 특성은 물론 문학적 의미까지 맛볼 수가 있다. 우선, 군더더기 없는 문장이 독자를 쉽게 서사에 집중하게 만든다. 생태적 특성이 유사한 개구리와 두꺼비를 친구나 사촌쯤으로 인식하게 만든 설정도 설득력 있고, 꽃씨가 싹 틔우기를 기다리는 과정에 문학적 의미를 부여한 점도 매력적이다.

초반에 개구리와 두꺼비의 대화로 경험자 개구리가 뭘 가르치려는 의도가 보였다. 그런데 두꺼비의 순진하고 묘한 행위가 독자의 짐작을 전복시켜 버린다. 어설픈 행동 뒤에 감춰진 작가의 통찰력이 꽃을 무엇으로 이해하고, 꽃을 얻기까지의 행위를 어떻게 이해할 것인가에 대해 독자에게 질문을 던진다.

아놀드 로벨의 『집에 있는 부엉이』(비룡소 1998)에 수록된 「눈물차」 역시 매력적이다. 눈물차를 먹고 싶은 부엉이가 눈물을 모으고자 슬픈 일을 떠올리고 눈물이 모이자 끓여서 차를 마셨다는 게 이야기의 전부이다. 역시나 짧고 간결하다. 엉뚱하고 유치한 부엉이의 행위는 어이가 없지만, 부엉이가 슬퍼하는 일이 '다리 부러진 의자들' '부를 수 없는 노래들' '난로 뒤로 떨어져서 그 뒤로 다시는 못 본 숟갈들' '읽을 수 없는 책들'이라면 어떤가. '멈춘 시계들'은 또 어떤가. 이보다 깊은 상징을 담보한 동화가 또 있을까. 서양에서 부엉이가 지혜를 의미하는 동물로 인식된다는 해석까지 붙으면 이야기의 독자는 당연히 어린이에서 어른으로 확장된다.

권정생의 『강아지똥』(길벗어린이 1996)도 마찬가지다. 내가 동화 창작에 매력을 느낀 입문 시절만 해도 '똥'이라는 소재는 거의 금기여였다. 그런데 보란 듯이 이 금기를 깨 버린 것이 바로 이 작품이다. 똥은 '오물'이며 '더럽다'는 인식을 '희생'과 '꽃'으로 바꿔 버린 놀라운 한 방이었다.

문예 창작을 공부했지만, 내 학창 시절에 아동 문학 수업은 없었다. 당시에도 시장에는 동화책이 있었고, 물론 아이들은 동화를 읽었다. 그러나 수업 시간에 아동 문학이나 동화라는 용어조차 언급되지 않았을 만큼 문학의 변방에도 끼지 못한 게 사실이었다. 그랬음에도 학생 시기의 문학 공부를 내가 중시하는 까닭은 동화 역시 서사 문학의 뼈대 위에 세워지기 때문이다.

동화에 대해 아는 바 없고 관심도 없었을 때 우연히 트리나 폴러스의 『꽃들에게 희망을』(시공주니어 2017)을 만났던 건 분명히 운명이었다. 1972년 작품을 너무 늦게 만난 셈인데 읽는 순간 시각 교정이 일어났으니 가장 강렬하고도 놀라운 경험이었다. 이 작품을 감상 위주로 읽었다면 다시 한 번 찬찬히 분석해 보기 바란다. 창작자에게는 보물 같은 작품이다.

그저 먹고 자는 것이 삶의 전부는 아닐 거라며 여정을 떠난 애벌레가 보여준 결론이 깊은 생각을 유도한다. 문장마다 장면마다 확보된 의미가 크고 해석의 여지가 다르니 굳이 설명은 필요 없을 듯하다. 나비에게 애벌레의 변태 과정이 있다는 건 이미 알고 있는 상식이다. 그런데 상식이 이야기로 구성되어 의미를 확보하니 다른 세계가 중첩된다. 작가는 천연덕스레 나비 이야기를 하는 척하며 인간 사회를 중첩시키고, 삶의 여정 혹은 어떤 존재가 등이 찢어지는 고통을 감내하며 얻은 세계의식에 문학성을 얹는다. 예술을 얹는 과정이라고 한들 이의가 있을까. 상식이 의미가 되고, 중첩된 해석이 풍요롭게 감지되었을 때, '아, 세상 이야기를 이런 방식으로 할 수도 있구나!'를 깨달았다. 그게 동화의 본성임을 그때 처음 알았다.

앞에서 꺼낸 질문을 정리해 보려고 한다. 동화 창작에 관심을 가진 이유가 무엇일까? 이 분야에서 어떤 매력을 느꼈을까? 동화 창작을 시도하는 사람들의 반응은 대략 몇 가지로 요약된다.

어린이에게 어른인 내가 도움이 될 거라고 말하는 경우를 보았다. 경험 많은 어른이니 지혜를 나눠 줄 수 있다고 생각한 것 같다. 동화는 소설보다 덜 복잡해 보인다고 말하는 경우도 있었다. 실제로 동화는 문장이 비교적 쉽고 구성도 단순한 경우가 많다. 한 권 분량이라고 해도 양이 적으니 경제적으로 보였을지도 모른다. 본인의 어린 시절 경험을 풀어내고 싶고, 아름다운 추

억이나 역경을 극복한 경험을 들려주고 싶다는 사람도 있었다. 요즘 아이들은 아이답게 살지 못하고 자연 속에서 뛰놀지 못하니 감성이 걱정스럽다고 한다. 아동문학 시장은 불황이 없는 것 같다고 솔직하게 말한 사람도 있었다. 성장기에 독서가 중시되는 사회적 분위기가 있으니 판매가 보장될 것이라 판단한 것 같다.

이밖에 다른 이유도 있을 것이다. 어떤 이유에서든, 우선 내가 쓰려는 문학 방식이 즐거워야 한다. 즐기지 못하면 깊이 오래 할 수 없기 때문이다. 동화가 어린이 교육 지침서가 아닌 문학임을 기억해야 한다. 철저히 어린이의 입장을 고려해야 공감을 얻는다는 사실도 기억해야 할 점이다. 교육 지침서이기를 거부하고, 계몽적인 목소리를 내지 않으려고 부단히 애를 쓰면서도 어린이가 주 독자라는 사실 때문에 동화는 인도주의적인 가치를 중시한다. 동화는 인간이 지켜야 할 진실한 마음을 다루는 이야기고, 인간이 추구해야 할 본질적이며 가치 있는 이야기를 담고 있다.

동화에 대한
편견

　　　　혹시 동화에 대한 편견은 없는지 생각해 보자. 편견이 잘못은 아니다. 그러나 동화 창작을 시도하려면 이 문학에 대해 진지하게 생각해야 한다. 편견이 걸림돌이 될 수 있음을 알아야 한다.

　문학도를 꿈꾸었던 사람은 번번이 책에 매료당한다. 자연스러운 일이다. 동화도 마찬가지라서 어떤 책에 흥미가 생기는 순간 창작의 욕구를 느끼는 사람들이 있게 마련이고 매년 동화를 쓰고자 하는 사람들이 늘어나는 추세이다. 그런데 동화 창작을 원하는 순간부터 동화에 대한 편견이 작동한다는 사실을 깨닫지 못하는 듯하다. 적은 분량, 간결한 문장, 일상적인 구어체, 단순한 구성, 쉬운 단어가 쓰인다는 데서 편견이 생긴다. 동화는 해피 엔딩의 예쁜 이야기라는 편견도 있다. 창작을 시도했으나 뜻대로 되지 않았다면 바로 이런 데서 생긴 편견 때문은 아닌지 짚어 봐야 한다. 편견을 교정하지 않으면 같은 실수를 반복할 수밖에 없다.

　동화책의 분량이 적은 까닭은 어린이 독자의 집중력과 가독성이 어른과 다르기 때문이다. 문장이 대체로 쉬워 보이는 것은, 간결하고 선명한 묘사가 어린이의 이해나 연상 작용에 도움이 되기 때문이고, 일상적인 구어체가 많은 이유는 한자나 은유적 또는 중의적 표현이 어린이에게 아직 어려운 까닭이다. 구성이 복잡하지 않은 데에는 설명이 좀 필요하다. 동화는 읽는 대상에 따라 저학년, 중학년, 고학년용으로 나누기도 하고, 나이에 따라 나누기도 한다. 올바른 구분법이라고 보기 어려우나 어린이의 이해 수준을 고려해서 낮은 연령대의 동화가 좀 더 단순하게 구성되는 건 사실이다. 쉬운 단어가 주로 쓰이는 이유도 어린이의 인식 수준을 고려하기 때문이다. 한자나 영어식의 표현보다 우리말을 쓰고자 노력하는 작가도 많은데 이는 어린이의 정서 함양에 우리말이 적절하다는 견해와 우리말을 지키려는 작가의 고민이 담긴 결과이기도 하다.

동화의 결말이 해피 엔딩이라는 편견에 대해서는 간단히 말하기 어렵다. 전래 동화 혹은 디즈니 애니메이션에 익숙한 아이나 부모에게 '그래서 왕자와 공주는 행복하게 오래오래 살았다'라는 결말이 동화로 각인된 경우가 많다. 동화의 주 독자가 어린이라서 좋은 영향을 줘야 한다는 기성의 염려가 작동하기도 한다. 아직 어린 아이들에게 어른의 복잡하고 불온한 문제를 똑같이 알게 할 필요가 있느냐, 아이도 현실을 직시할 필요가 있다는 의견이 여전히 충돌하고 있는 게 사실이다. 어린이도 어른만큼 보고 듣는다는 의견과 어린이의 정서에 악영향을 미칠 내용을 굳이 동화에서 다뤄야 하느냐는 의견이 대립하는 것이다.

이러한 문제들은 옳고 그름의 문제가 아니라 현상에 대한 점검일 뿐이다. 올바른 언어 습관이나 우리말에 대한 책임 의식도 동화를 쓰는 사람에게는 중요한 문제이다.

어린이 말법
장착하기

어린이는 어른과 한 공간에서 어른이 보는 것을 동시에 같이 보면서 어린이의 시각으로 받아들이고 표현한다. 그 미묘한 다름의 차이를 감지할 수 있다면 꽤 매력적인 묘사를 해낼 수 있을 것이다. 어린이 화자를 어디까지 표현해야 할지 모르겠다는 고민은 어린이다움을 이해하는 과정에서 어느 정도 해결된다. 이 문제는 작가의 의도가 인물 행위에 적절하게 이입될 필요성과 관계가 있다.

어른 뺨치게 영악하고, 어른 못지않은 발언을 해서 보는 이를 실소하게 만드는 아역 캐릭터들이 종종 드라

마에 나온다. 그런 캐릭터가 현실의 아이와 동떨어진 작가의 스피커로 보일 때가 있다. 어른 못지않게 말하고 행동하는 아이가 현실에 왜 없겠나. 이런 인물이 설득력을 얻으려면 개연성 있는 전사가 마련되어야 할 것이다. 어차피 이야기 속 설정 인물은 작가가 만들어 낸 산물이라고 할 수 있다. 인물이란 현실에서 똑 떼어다 놓은 무엇이 아니라 이야기 전후 맥락에서 진정성을 갖추고 개성적으로 활약하는 역할자이다.

어린이도 어른이 보는 것을 가감없이 보는 게 현실이다. 당연히 보고 듣고 느끼는데 그것에 대해 어른처럼 표현하지 못하고, 자신을 설명하는 데 집요하지 못한 존재가 바로 어린이다. 그 인물에 적절한 사고와 행위를 개연성 있게 부여하지 않으면 저작자의 과한 의도를 짊어진 인물로서 비현실적으로 보일 수밖에 없고 수염 난 아이 형상에 불과할 것이다.

안다고 생각했는데 창작하려니 어린이가 더 모호해진다면 이해하려 노력할 수밖에 없다고 앞서 밝혔다. 고민한다고 파악이 쉬울 리 없고, 파악한 듯해도 변화무쌍한 이 존재는 한곳에 머물러 있지 않으니 창작자 역시 유연한 태도를 가지는 수밖에 도리가 없다.

이야기 주체가 되는 어린이라는 대상에 대한 고민은

동화의 연령대가 나뉘는 작법상의 문제와 관련이 있다. 몇 살짜리를 대상으로 내 이야기를 풀어야 효과적이냐의 문제니까. 이는 시장에서 책을 선택하는 수용자의 고민이기도 해서 출판사가 표지에 작은 글씨로 '○학년이 읽는 동화'라고 명시하기도 한다. 독자 대상을 구분하여 나이를 표기하는 경우도 있다. 일종의 판매 전략일 뿐 독서 수준이 나이, 학년과 일치하는 건 아니다. 여덟 살과 열두 살은 모두 어린이로 통칭할 수 있으나 신체적, 정신적으로 차이가 있다.

작가가 인식하는 어린이는 현실의 바로 그 존재일까? 그렇기도 하고 아니기도 하다. 현실의 어린이를 스케치하는 일은 공감을 위해 반드시 필요하다. 그러나 현실의 정황에서 아이디어를 얻고, 현실에서 모델을 찾는다고 해도 작가가 이야기를 구상하는 동안 화자로서의 어린이는 어린이 속성을 가진 설정 인물로 봐야 한다. 이야기 전개에 필요한 조건들로 배치한 존재이므로 작가는 설정한 화자의 말법과 행위가 설득력을 가지도록 해야 한다. 그래야 현실의 대상과 작가의 인물이 적절히 맞물려 신뢰할 만한 또 하나의 인물이 탄생하는 것이다.

앞에서 이미 밝혔듯이 우리 모두 한때는 어린이였음

을 환기할 필요가 있다. 어린이가 나와 동떨어진 존재라고 생각하면 접근이 더 어려워진다. 작가는 서사 전개의 정황에 따라 인물을 면밀하게 파악하고 화자에 밀착하여 그 인물이 되려고 노력하는 수밖에 없다. 이는 현실의 어린이를 기반으로 한 이야기 설정 속 존재에 대한 고민이고, 작가는 설정한 화자에 맞는 말법을 장착해야만 한다.

함정이라니. 다소 과격한 표현이지만 동화에 대한 착시나 견고한 의식에서 비롯된 문제를 점검하려는 의도일 뿐이다. 동화에 대한 편견의 연장선이라고 해도 좋다. 창작자가 어른이라는 함정, 금기 소재에 대한 편견, 어린이책이라는 함정, 명작의 그늘 등이 우선 짚어 봐야 할 사안이다.

어른이라는 함정

동화의 주 소비자는 어린이인데, 창작의 주체가 어른이라는 사실이 동화 창작의 가장 큰 어려움이자 간과하기 쉬운 함정이다. 어른은 완벽하고, 어린이는 백지상태로 분리하는 오류를 범하기 때문이다. 창작을 처음 시도할 때 자주 범하는 실수가 인물 설정에서 나온다. 지혜를 들려주는 어른과 잘못하는 아이라는 단적인 관계 설정에서 비롯된 결과이다. 이때 잘못을 교정하는 인물은 남성 어른 즉, 할아버지나 아버지 혹은 선생님인 경우가 많고 잘못한 아이는 반성하고 문제가 해결되는 방식이 많았다. 가부장적 관습이 반영된 현상이라고 할 수 있다. 시대가 바뀌었어도 어른이 나서서 문제를 교정하려는 식의 작품이 여전히 시도되는 걸 보면 이는 구시대적 발상이라기보다 편견의 문제로 보인다. 이때 작가와 작품 속 화자는 분리될 수밖에 없다. 완벽한 어른이 어린이를 가르쳐야 한다는 편견이 작동하기 때문인데, 어린이 독자의 공감을 이끌기도 어렵다. 물론 서사 구조상 어른이 나서야만 하는 작품은 예외이다.

경험 많은 어른이 뭘 모르는 어린이에게 가르치려는 태도가 잘못은 아니라도, 어린이 독자에게는 잔소리처럼 들리거나 지루할 수 있다. 문제 어른이 많다는 걸 어린이라고 모를까. 어린이책이니 어른이 잘못을 교정하고 훈육할 수 있다고 믿는다면 어린이 독자의 공감은커녕 계몽적, 구시대적이라는 평가를 받을 수도 있다. 할머니나 어머니가 자애로운 태도로 타이르는 방식도, 할

아버지나 선생님이 문제 해결 조언자로 나오는 경우도 비슷하다. 전후 맥락에서 타당한 설정이라야 독자가 설득당할 것이다.

인물의 역할이 다양해지고, 이야기 전개상 조언자가 필요하다고 해도 조언자로 인한 문제 해결 방식은 지루하게 읽힐 수 있다. 문제 해결은 주인공이 하도록, 독자가 공감하며 자기 현실을 환기하고 감정이입 할 수 있도록 전개하는 게 좋다. 그렇다면 동화 속 어른은 어떤 태도로 등장해야 할까. 어린이보다 경험이 풍부한 것은 사실이니 어떤 문제 해결에 관여할 수 있으나 훈계조가 아닌 개성적인 역할자가 되어야 한다.

지적이고, 풍부한 표현력을 가진 작가라도 어린이 문학에 진입하려면 선택한 어린 화자에 맞게 언어 선택이나 문제를 건드리는 수위에 신중해져야 한다. 어린이 말법을 장착하는 데 어려움을 느끼지만 어린이를 이해하는 과정에서 해결된다.

『나, 이사 갈 거야』(논장 2019)는 스웨덴에서 1961년에 출간된 아스트리드 린드그렌의 작품이다. 나쁜 꿈 때문에 심술이 난 로타가 엄마한테 반항하고, 심술 때문에 실수하고, 잘못을 반성하는 대신 집을 나가 버리는 내용의 이야기인데 다섯 살 여자아이의 심리가 아주 생생하게 묘사되어 있다. 린드그렌이 50대에 출간한 작품인데 주인공 로타의 나이가 다섯 살이다. 중년기로 접어든 작가가 장착한 아이다운 말법을 주목해 봐야 한다. 아이의 상황과 심리에 집중했을 뿐, 어린이를 가르치려는 계몽적 자세 따위는 없다. 아이의 심리를 놓치지 않은 묘사가 독자의 신뢰를 얻어 냈기에 수십 년이 지나도 독자의 선택을 받는 것이다.

어린이의 입장이 되고, 어른으로서 뭘 가르치지 않을 거라면, 현실의 아이들을 그대로 옮기면 되지 않느냐고 할 수 있다. 그러나 현실을 그대로 옮긴다고 문학이 되지는 않는다. 어린이를 둘러싼 어떤 문제를 교정하려면 문제의 원인에 화자인 어린이가 접근하는 방식을 갖는 게 좋다. 이 과정에서 작가의 가치관이 작동한다.

어린이는 어른과 한 공간에서 살아가는 존재이다. 어린이를 어른과 분리하지 않고, 어린이가 되어 보려고 노력해야 동화를 좀 더 이해할 수 있을 것이다. 어린이 독자의 인식 수준을 고려하고 어린이에 맞춰진 삶의 양상, 어린이의 내면을 대변하려는 자세가 필요하다. 이야기 속에서 어린이는 어린이답게, 어른은 어른답게 보여야 한다는 뜻이다. 동화는 어른이 잊고 있던 순수한 감성까지 건드리는 문학이다. 설정한 인물의 개성 확보를 통해 어린이 독자와 그 주변의 어른 독자까지 수용할 때 동화는 모두의 문학이 될 수 있다.

독자가 공감한다는 것은 독자가 주인공인 화자를 신뢰하고 따른다는 의미이다. 창작의 주체가 화자에 밀착되지 못하면 독자의 신뢰감은 떨어지고 어른이 한 수 가르쳐 주려 한다는 인상만 강해진다. 훈련된 작가는 어린 화자 뒤에 숨는 감각이 뛰어나다. 어른이 전개하는 이야기가 분명하건만 어른임을 들키지 않는 것이다. 작품 속 어린이의 심리, 말법, 행동 양상, 판단력 등이 어린이의 공감을 얻는다면 작가의 전략이 통한 것이다.

금기 소재에 대한 편견

창작 공부를 하면서 '동화에서 다루지 말아야 할 것들'로 인한 제약이 늘 부담스러웠다. 어린이 정서를 고려하느라 생겨난 당부임을 이해하면서도 소재에 대한 제약으로 창작하는 내내 갑갑증을 느꼈고, 금기시하는 소재를 다뤄야 할 때는 잘못을 저지르는 듯한 심정마저 느꼈다. 요즘은 소재에 대한 제약이 없는 편이지만 독자의 정서는 여전히 동화를 어린이에 곧바로 이입하고, 창작에 입문하는 사람에게도 비슷한 태도가 남아 있으니 동화의 금기 문제에 대한 인식은 그만큼 뿌리 깊다.

앞에서 권정생의 『강아지똥』을 예로 들며 동화의 금기 소재에 대해 언급한 바 있다. 내가 동화에 입문할 당시 분위기를 예로 들었으니 시대에 뒤떨어진 걱정으로 보일지도 모르겠다. 똥이나 오줌 같은 더러운 것, 칼이나 피와 같은 위험한 것, 죽음 이별 같은 슬픈 것, 욕이나 이혼 등의 부정적인 문제를 다루는 건 어린이에게 나쁜 영향을 준다는 이유로 금기시했다. 어린이라는 존재는 순수하고, 어른이 무엇을 제공하느냐에 따라 인성이 결정된다는 일종의 동심 천사주의 경향이 깔린 제약이었다. 이런 주장에 이의를 제기할 생각은 없다. 어린이는 사회의 악영향으로부터 반드시 지켜져야 할 대상이 틀림없기 때문이다. 다만 지금은 창작으로 다룰 동화의 소재로 무엇은 되고 무엇은 안 된다는 제약이 과연 필요한가를 고민해 보려는 것이다.

국내 작가의 작품이든 번역 작품이든 이미 우리 시장에는 더럽거나 나쁘거나 위험한 것, 성性적인 문제, 폭력의 수위, 연장자에 대한 태도 등에서 표현이 과감해진 게 사실이다. 그런데도 굳이 오래전 경험을 환기하는 이유는 동화를 어린이의 전유물로 한정 짓는 인식이 여전하고, 어느 정도까지 표현해야 동화가 되는지 모르겠다는 질문을 여전히 접하기 때문이다. 특히 성性적인 소재, 폭력적인 소재를 다룬 작품을 검토한 뒤에 합평자들이 '이건 동화가 아니다' '선을 넘었다' '조마조마하다' '불쾌하다'고 지적하는 경우가 많았다. 이 발언의 배경에는 동화를 수용하는 주체가 어린이라는 염려가 깔려 있는 것이다.

동화를 어린이에 오버랩하는 태도를 부정하거나 어린이의 정서에 대한 염려가 불필요하다는 게 아니다. 동화는 어린이를 중심으로 모든 대상과 소통하고 공유하는 문학인 만큼 동화를 어린이의 전유물로만 보지 않기를, 모두가 공감할 정도의 설정과 묘사로 어떤 소재든 다룰 수 있기를 바랄 뿐이다.

보호가 필요한 시기를 벗어나면 어린이는 스스로 보고 판단하기 때문에 어린이도 결국 어느 시점에서는 어른들이 걱정하는 거의 모든 것들을 경험할 수밖에 없다. 좋은 것, 예쁜 것이 세상 전부인 양 가려 주는 데에도 한계가 있지 않겠나. 세상의 모든 것들을 적나라하게 보여주자는 게 아니다. 어떤 방식으로 이 금기들을 알게 할 것인가에 대한 작법이 중요하다는 뜻이다.

다소 공격적인 예로 '어머니는 자상하다'라는 프레임

을 생각해 보자. 곤경에 처하고 힘들어도 어머니는 가족을 위해 희생할 준비가 돼 있는 존재로 묘사되곤 하는데 어머니도 갈등하고 실수하고 고통을 느끼는 존재이다. 개성을 가진 인물이 어머니라는 가면에 가려지는 것도 동화에서 자주 확인되는 견고한 편견이 아닐 수 없다. 이야기 속 어머니와 현실의 내 어머니가 어차피 다르다고 한다면 작품에 공감할 리도 없고, 동화는 현실과 괴리감이 더 커질 수밖에 없다.

곡식을 훔쳐 먹는 쥐나 간교한 여우는 주인공 감으로 부적절하다, 부모가 싸워도 이혼하는 결말은 좋지 않다, 학원을 많이 다니는 건 바람직하지 않은 문화이다, 문제가 해결되어 모두가 행복해지는 결말이 어린이 정서에 좋다는 등의 편견에 대한 인식이 달라지지 않는다면 동화는 벽에 걸리는 장식에 불과할 것이다.

어느 출판사의 책꽂이에서 '피터 래빗 이야기'를 만난 것이 내가 금기 소재에서 벗어난 순간이었다. 이 작품은 20세기 초(1902)에 출간된 고전이다. 우연히 그 작은 책을 펼친 게 1997년이었으니 동네 꼬맹이보다 늦게 만난 셈인데 읽는 순간 나의 창작 방향이 바뀌고 아직도 창작 과정의 중요한 지침서가 되고 있으니 이 작품이 적절한 예가 될 수 있을 것이다.

베아트릭스 포터가 1893년에 가정 교사의 아들인 노엘이 아프다는 말을 듣고 위로 차원에서 만든 이야기에 등장하는 토끼가 '피터 래빗'이다. 파란 조끼 차림의 설정으로 인격화된 토끼가 말썽꾸러기 주인공이다. 엄마 토끼가 바구니를 들고 빵 가게로 가기 전에 자식들에게 '귀여운 아기들아, 이제부터 엄마가 하는 말을 잘 들어야 해요. 들판이나 울타리 사잇길에서는 얼마든지 놀아도 된다. 하지만 맥그리거 씨네 정원 안으로는 절대 들어가서는 안 된단다' 하고 당부한다. 남편이 맥그리거 씨 정원에서 사고를 당했기 때문인데 그 내용이 '맥그리거 씨에게 붙잡혀서 맥그리거 부인이 만든 파이 속에 들어가는 신세'가 되었다는 한 문장으로 묘사되어 있다. 그 표현이 너무 간결하고 담담해서 충격이 컸다. 엄마가 집안의 가장이자 아버지가 어떻게 죽었는지 자식들에게 알려주는 장면인데 언뜻 생각해도 잔인하고 냉정한 상황이 분명하건만 건조할 정도로 일상적이었다. 아버지의 죽음을 들먹이며 자식들을 건사해야 할 만큼 어머니의 삶은 만만치가 않은 것이다. 그러나 유난스럽지도 감정적이지도 않다.

귀여운 옷을 입은 사랑스러운 토끼 그림에 부드럽고 색감이 풍부한 자연 묘사만 봐서는 짐작도 못할 내용이었다. 책 표지 인상이 내 눈에는 '예쁘고 사랑스러운 이야기'로만 보였으니 말이다. 그런데 내용이 냉혹한 현실 그 자체라 충격이 아닐 수 없었고 금기에 대해 모호하던 머릿속이 아주 명료해졌다. 그간의 '안 돼! 안 돼!'가 순식간에 싹 날아가는 통쾌함이라니! 뭐야, 토끼가 농부에게 붙잡혀서 죽고, 음식이 됐다는 이야기잖아! 이거 분명히 동화인데…… 사랑스러운 책 모양에 그림도 앙증맞고 기껏해야 예닐곱 살짜리 대상의 이야기라고!

얄팍한 책의 한 장면이 금기 소재 중에서 가장 엄중했던 '죽음'을 천연덕스럽게 담아낸 것은 물론, 자연스러운 죽음이 아니라 '죽임'을 당해 먹히는 내용이라는 사실에 배신감마저 들었다. 자연의 먹고 먹히는 질서를 이렇게 묘사한 작품이 120여년 전에 나왔건만 도대체 왜 하지 말라는 게 이렇게 많을까.

토끼가 죽임당하고, 그걸 누가 요리해 먹는다는 내용은 동화에서는 잔인성이 최대치라고 할 수 있다. 그 잔인한 짓을 사람이 저질렀는데 이 책을 예닐곱 살 정도의 어린아이가 읽는다 생각하면 어린 독자가 얼마나 충격을 받을까 싶어 생각이 많아졌었다. 뒤에서 다시 언급하겠지만, 독자는 주인공을 따라서 이야기를 따라가게 돼 있다. 어릴수록 주인공과 한몸이다. 그러니 주인공을 해코지하는 대상은 '적'이자 '나쁜 놈'인데, 그 나쁜 짓을 한 '적'이 사람이면, 어린아이가 받는 충격은 상당할 수밖에 없다. 작가가 그 사실을 몰랐을 리 없다. 실제로 포터가 여러 출판사에서 출간을 거부당했던 이유가 바로 이 장면 때문이었다는 설도 있다. 나로서는 이 사랑스러운 책이 담아낸 냉혹한 현실을 확인할 수 있으니 고마울 따름이었다. 그 뒤로 동화에 대한 내 생각은 분명해졌다.

동화에서 죽음을 다루는 작가의 태도에는 여전히 신중함이 요구된다. 선정성을 고려하고, 단어의 선택도 어린이 인식에서 타당하도록, 연상할 수 있는 이미지까지 고려해서 묘사해야 한다. 죽음이 없는 것처럼 분리하지 않고 어린이가 공감할 수 있는 적절한 방법을 고민해야 하는 것이다. 이처럼 동화에서 다루지 못할 소재란 없다! 어떻게 다룰 것이냐의 문제가 남았을 뿐이다.

어린이책이라는 함정

드물게 어린이가 동화 작가인 경우가 있

지만 대부분 동화를 창작하는 작가는 어른이다. 이 장르에 이해가 없으면 동화를 소설보다 '쓰기 쉬운' 혹은 '가벼운' 문학으로 생각하거나 심지어 본격적인 문학 활동으로 보지 않기도 하는데 아마도 이는 동화책의 외형 때문일 것이다. 대개 그림이 곁들여지고 쉬운 문장으로 이루어졌으니 이러한 인상이 두 가지 편견을 낳는데 하나는 쉬워 보인다는 착각, 하나는 유치하다는 반응이다. 동화책에 대한 이런 반응은 어린이책에 대한 인식의 부족에서 기인했을 것이다. 어린이책의 외형은 아동도서 전문가의 선택이고, 이러한 선택은 아동기에 대한 이해에 따른 결과이다.

동화의 문장은 단순하다. 독자가 어릴수록 간결하다. 직설적이거나 일상적으로 느껴지는 대화, 명확한 기승전결, 복잡하지 않은 구조, 바로 이런 특성이 창작에 쉬운 접근을 유도한다. 이 섣부른 접근이 문제임을 지적하려는 게 아니다. 누구나 섣부르게 시작한다. 시작 단계에서 동화에 대한 편견과 오해를 점검할 수 있기를 바란다.

유리 슐레비츠의 『보물』(시공주니어 2006)은 그야말로 보물 같은 책이다. 글자가 많지 않고 구조도 단순하고 심지어 이야기 패턴도 새롭지 않다. 그럼에도 주제가 명쾌하게 보이는 이야기라 예로 선택해 보았다. '진정한 보물은 가까이 있다'는 주제를 익숙한 방식으로 보여주니 뻔해 보이지만 익숙한 패턴을 무색하게 만들 만큼 내용이 풍요롭다. 그리고 작가의 의도가 강력하게 전달된다.

어른이 어린이에게 진정한 보물에 대해 말하고자 한다면 어떤 방식을 선택해야 할까? 간결한 이 작품은 세상의 깨달음에 대해 들려줄 이야기가 많은 사람을 유혹하기에 충분하다. 그러나 이처럼 간결하고 명쾌하게 주제를 드러내자면 보통의 내공으로는 어림도 없을 것이다. 군더더기 없는 문장과 삽화의 분위기며 색감, 생각을 유도하는 여백으로 강한 주제 의식을 잘 담아냈다. 작가는 작품 속에서 가난하고 늙은 주인공 이삭의 모습으로 등장했으나 결국은 철학자와 같은 감상을 남겼다.

이와 같은 작품을 살펴봐야 하는 이유는 주로 유아기 혹은 낮은 연령대를 대상으로 한 작품 창작을 시도할 때 어설픈 표현을 하는 경우가 있기 때문이다. 어린이책이 귀엽고 사랑스럽다는 인식으로 유아기적 태도로 이야기를 전개하는 예를 흔히 보았다. 마치 혀짧은 소리를 내는 것 같은. 어린이책의 인상이 이런 착시를 야기한 셈이다. 어린이가 '딱 내 이야기네' 하고 공감하게 하려면 다양한 전략을 세워야만 한다.

덧붙여 동화의 결말은 해피 엔딩이라야 한다는 오해가 만든 함정도 있다. 안타깝게도 어린이가 영상 매스컴에 매료되고 부모의 교육 효과에 대한 기대가 커지면서 어린이가 책을 스스로 선택하여 독자가 되는 일이 줄고 있다. 성장 과정과 교육에 독서의 필요성이 아직 강조되고 있으니 책의 유효 기간은 남은 듯하다. 그러나 책을 단순히 이야기로 인식하거나 교육의 보조자료쯤으로 여긴다거나 책 내용을 영상 매체로 접하고 마는 경우가 많다. 특히 애니메이션 시청으로 동화를 기억하는 경우일수록 동화의 엔딩에 대한 편견이 강하다. 행복한 결말이 아니면 의문을 갖는 것이다. 나는 아직도 『마당을 나온 암탉』(사계절 2000)의 주인공이 결말에서 죽는 설정으로 인해 주인공인데 왜 죽었느냐는 질문을 받고 있다.

명작의
그늘

문학도를 꿈꾸게 하는 시작에는 명작이 있다. 나는 여전히 작가를 꿈꾸게 했던 대표적인 책을 소개해 달라는 요청을 받는다. 작가가 되기를 바라는 어린이도 그 부모도 작가에게 추천받은 책이 도움이 된다고 믿는 듯하다. 세상에는 도움이 될 책과 좋은 책이 넘쳐난다. 명작 반열에 오르지 못한 책이라고 해도 책은 어떤 면에서든 가치가 있다는 게 내 생각이다. 굳이 누군가의 추천에 기대지 않아도 책의 영향을 받게 마련이라는 뜻이다.

나에게 영향을 미친 작품은 나의 창작에 도움이 되는가? 나는 그 작품으로부터 자유로운가? 안타깝게도 명작의 영향을 크게 받은 사람일수록 한동안 그 명작의 그늘에서 벗어나지 못해 아류에 머물거나 표절 의혹에 시달리는 일이 왕왕 있다.

동화 창작을 시도하는 학생들이 작업 과정에서 보이는 반응은 비슷하다. 동화에 흥미가 생겨서 한번 해 볼까 했으나 쓰면 쓸수록 어렵다는 반응은 솔직한 편이다. 호기롭게 과제를 제출한 경우는 누구나 알 수 있는 명작의 흉내가 짙다. 그중 하나를 예로 들 수 있겠다. 프란치스카 비어만의 『책 먹는 여우』(주니어김영사 2001)는 책을 매우 좋아하는 여우가 책에 후추와 소금을 뿌려서 먹어 버리는 이야기인데 '먹다'와 '독서의 이해' 방식을 어린이 수준에 맞춰서 은유적으로 전개한 작품으로 기발한 아이디어가 돋보인다.

학생들이 이 작품을 좋아하는 이유도 알 것 같다. 문제는 이 작품에 매료된 학생일수록 습작 결과물이 흉내 냈다는 걸 금방 들킨다는 사실이다. 어디 이 작품뿐이 겠나. 인물을 바꾸고, 상황을 살짝 바꾸는 정도로 새로 워질 수 없는데 새로운 시도를 하지 못하고 유사 패턴 을 보이는 학생들을 보면 안타깝다. 이러한 현상은 창 작 입문의 당연한 과정으로 이해해야 할지도 모르겠다. 그러나 결국 영감을 받은 작품에 매여서 비슷한 작품 을 재생산하다 보면 주목받지 못할 뿐더러 '할수록 어 렵다'는 말을 하고 만다. 문학 공부가 수학 공식과 같지 않으니 매력을 얻은 작품에서 좋은 에너지를 받고 그 에너지로 새로운 것을 찾으라는 말을 할 수밖에 없다.

좋은 작품에서 영향을 받고, 유사한 방식으로 써 보 는 건 습작 시절에 누구나 경험한다. 그 과정에서 동화 에 대한 이해가 생기고 어린이 독자와 주요 화자에 대 한 이해를 기반으로 새로운 이야기를 찾아야 하는 건 창작자가 반드시 해결해야 할 숙제이다.

무엇을 쓸 것인가
—소재·일상의 충돌

동화를 특별한 영역의 무엇으로 생각하는 사람일수록 당연한 질문을 한다.

'도대체 뭘 써야 하죠?'

'동화의 소재는 어디서 찾나요?'

소재를 고민할 정도면 창작 의도가 있는 사람이고, 그렇다면 무엇이든 이야기가 될 가능성이 있다는 사실 또한 알고 있을 것이다. 사람이 있는 곳에는 이야기가 있고, 이유 없는 행위란 없으며 관심만 있으면 무엇이든 볼 수밖에 없다. 동화도 서사의 조건들로 삶을 다루는 문학이다. 행위(상황, 소재)는 창작의 시발점이자 문제의 원인과 결과를 모두 포함하고 있는 무질서한 에너지 덩어리다. 평범한 일상에서 뭔가를 목격했다면 분명히 어제와 다른 문제가 포착되었을 것이고 의문이 생겼

을 것이다. 이 순간이 바로 일상의 충돌이자 창작의 시
발점이다. 창작 가능성이 있는 사람인지 아닌지가 이미
여기서부터 나뉜다. 시선을 끄는 행위(문제)를 자기 방
식으로 추적하느냐 그것을 그저 봐 넘기느냐에 따라 그
결과가 다르기 때문이다. 작가적 기질로 추적한다고 해
서 결과가 정답이라고 할 수는 없다. 작가의 서사 결론
은 어떤 문제에 대한 작가의 분석이자 신뢰할 만한 의
견 혹은 제안이다.

　작품의 소재는 무엇을 만들기 위한 재료이다. 어떤
현상이나 문제를 드러내기 위해 창작자가 현실에서 선
택하는 조건이다. 굳이 조건이라고 하는 이유는, 소재
상태에서는 단조롭거나 평범한 단어에 불과할지라도
작가에게는 세계 구현의 필수적인 핵심이기 때문이다.
도대체 뭘 써야 할지 모르겠다고 말하는 사람에게도 이
미 의도는 있을 것이다. 이야기가 혼란스럽게 뒤엉켜서
정리가 필요한 건 아닌지 살펴봐야 한다. 정리는 소재
의 '무엇'에 초점을 두는가를 의미한다.

　창작의 욕구는 소재 발견에서부터 시작된다. '발견'
이 주관적인 의도를 내포하고 있다면, 글감으로서의 첫
대면이란 의도치 않은 포착이 먼저라고 할 수도 있겠
다. 어느 날 우연히 포착된 '무엇'이 중요해지고 이야기

가 되는 일은 흔하다. 소재 발견은 일상의 충돌과도 같다. 마음에 거슬리는 뭔가로 인해 고민에 빠지면 일상의 변화가 불가피하기 때문이다. 뭔가를 신경 쓰게 됐다면 그것은 내 입장에서 '이상한 일'이거나 '문제가 느껴지는 상황'일 테고, 쓰기의 감각을 가진 사람이면 거기에 무슨 사연이 있는지 파헤치고 싶을 것이다. 문제의 원인을 분석하고 알아내는 동안 그 문제는 바로 나의 이야기가 되고 문제를 설명하기 위한 질서가 필요해질 수밖에 없다. 이것이 소재에서 이야기가 만들어지는 과정이다. 작가로서의 기질적인 촉이 있으면 아마도 이 과정에서 매우 흥미를 느낄 것이다.

우연한 포착보다 의도적인 설계는 어떨까. 소재(사건, 제재, 글감)를 의도적으로 찾는다면 어떤 사람, 사회적인 토픽, 새로운 용어, 뜻밖의 정보 등등이 소재가 될 수 있다. 관심만 기울인다면 무엇이든 가능하다. 다만, 나를 긴장시키지 못하는 문제는 내 문제가 될 리 없고, 내가 주목하고 고민할 리 없다. 이때 중요한 게 바로 개인적 경험이다. 세상 밖으로 나와 보지 않은 사람에게는 무엇과도 충돌 가능성이 없다. 이 말은, 다양한 경험의 소유자가 어떤 현상을 보는 감각이 애초부터 다를 수 있다는 의미이다.

기록의 중요성에 대해 이미 언급했는데 소재 단계부터 기록하는 게 좋다. 경험해 보니 문제에 집중하게 된 이유를 기억해 두는 건 늘 중요했다. 문제의 핵심을 놓칠 때를 대비해서, 이야기 전개 방향을 위해서, 작품을 빈틈없이 완성하기 위해서, 출간의 마지막 단계랄 수 있는 머리말을 쓰기에도 노트의 기록은 답을 줄 것이다.

사건이란
무엇인가

사건은 일상의 불협화음이다. 어떤 사회의 스크래치 같은 것. 불편한 것. 작가가 벗어날 수 없는 문제이자 무수한 '왜'가 발동하는 시작점이다. 어느 날 느닷없이 집 앞에 거대한 싱크홀이 생겼다고 가정해 보자. 누가 봐도 사건이다. 일상이 변하고, 불편하고, 도대체 왜 이런 일이 벌어졌는지 궁금해진다. 사건은 '무엇' 때문에 벌어진 상황이니 싱크홀이 생긴 데에는 분명한 이유가 있을 테고, 싱크홀은 원인을 안고 있는 문제라는 점에서 글감이 될 수 있다. 싱크홀로 인해 고민하게 된 작가는 원인을 추적하고 싶어진다. 이거 왜 이래? 무엇 때문에? 그래서 왜? 등등의 무수한 '왜'가 발동한다.

작가는 자기 경험을 동원하고 자료를 찾으며 문제에 접근할 테고 결국 원인을 알아내는 단계에 도달할 것이다. 작가가 찾은 것은 문제의 답일까? 현실의 문제를 치유할 수 있을까? 싱크홀이 생기기 전으로 상황을 되돌릴 수 있을까? 안타깝게도 작가의 접근 방식은 기술적이거나 객관적이지 않다. 매우 주관적이고 사색적이다. 작가의 결론이란 가치관을 통한 이해로써 의미 부여의 정점이자 어떤 현상에 대한 제안일 수 있다.

몹시 추운 날 지하철역에 민소매 차림의 청소년이 서 있는 장면을 생각해 보자. 소년은 '나 괜찮아' 하는 듯한 표정으로 노래마저 흥얼거리고 있다. 추운 날이라 팔뚝에 소름이 돋고 목소리가 떨리는데 소년은 누구와 눈이 마주칠세라 시선을 피하며 전철이 들어오는 쪽만 뚫어지게 바라본다. 사건이다. 이 추운 날 그럴 수밖에 없는 이유가 분명히 있을 것이다. 누군가는 '무슨 일이니?' 하고 물어볼 수 있고, 겉옷을 벗어 주거나 청소년 사이버 상담 센터 1388에 전화할지도 모른다. 하지만 안타깝게도 어떤 일도 일어나지 않았다. 소년은 얼마 뒤에 도착한 지하철을 타고 사라졌다.

몹시 추운 날. 달랑 민소매 차림으로 서 있는 소년. '나 괜찮아' 하는 것 같은 표정으로 무장한 채 소년이 노래를 흥얼거리는 장면은 객관적인 사실이다. 원인을 분석하고 결과를 알려면 무슨 일인지 묻거나 청소년 상담 센터 혹은 경찰서에 연락해야 한다. 그러나 아무도 행동하지 않았고 소년은 사라졌다. 여기서 이 장면을 소환하는 것은 내가 실제로 그곳에 있었고, 어떤 행동도 하지 못한 어른 중 하나였으며, 그 후로 내내 소년의 불행에 방관자였다는 의식을 털지 못했기 때문이다. 상황을 너무 비관적으로 봤는지도 모른다. 소년이 노래를 흥얼거릴 만큼 즐거웠는지도 모르고, 정말로 외투가 필요 없을 정도로 신체 조건이 좋았을 수도 있지 않은가. 그러나 이런 억지가 이미 무의미하다. 소년의 진실과 별개로 관찰자의 이해와 감각이 작동한 게 중요하다. 작가는 자기 경험 차원에서 소년의 처세와 표정을 분석했고 방관자들의 태도가 그 상황의 핵심이 되었으므로.

소년은 겉옷을 빼앗겼다. 폭력적 상황을 감추고 싶어 한다. 따돌림을 당하는 피해자다. 아무도 돕지 않을 테니 최악의 상황을 잘 견디려고 한다. 자존심마저 상하기는 싫다. 누가 말을 건다면 돌변할 것이다…… 등등의 매우 주관적인 파악이 뇌리를 스쳤고, 소년으로 인한 장면은 우리 사회가 안고 있는 문제로 확장되기에 이른다. 사람들은 하필 그 상황을 목격한 것 자체가 불편하다.

소년의 사건이 모델이 된 예다. 작가는 그 사건의 답에 국한되지 않고 유사한 경험 조각들을 조립하여 사회적 현상에 대해 공감할 수 있는 제안을 정리한다. 이 과정에서 작가는 무수한 '왜'를 반복하며 유추할 만한 답을 찾으려 들고 결국 설득력 있는 결론을 얻어 낸다.

이처럼 사건이란 내 의도보다는 의도치 않은 무엇이 포착되는 순간에 나를 흔드는 방식으로 내 문제가 돼버리곤 한다. 이것을 흘려 버리느냐, 떠안아 내 문제로 고민할 것이냐에 따라 창작 가능성의 유무를 확인할 수 있을 것이다.

사건을
수용하는 자세

포착한 사건(상황, 사람, 토픽, 단어, 새로운 정보 등)을 파악하는 것이 다음 단계이다. 사건이 곧 이야기(서사)는 아니므로. 도대체 왜 이런 일이 벌어졌는지 알아보는 첫 번째 단계라고 해도 좋다.

우선, 일반 정보를 검토하기 위해 인터넷 검색, 사전적 의미 파악, 유사 문제를 다룬 출간 도서 확인, 현장 취재를 할 수 있다. 정보 검토 단계에서 가장 쉽고 먼저 할 수 있는 게 사전적 의미 파악이다. 의외로 국어사전을 확인하지 않는 사람들이 많다는 사실에 나는 자주 놀란다. 언어 사용에 오류가 생길 수 있다는 불안이 나에게만 있는 것일까. 확인하고도 실수하는 게 내 문제이기는 하다. 언어로 모든 것을 해야 하는 작가에게 언어와 문자는 곧 모든 것이니 제대로 이해하고 있는지 반드시 소재의 사전적 의미를 먼저 확인해야 한다.

작가에게 소재는 평면적인 낱말로 시작된다. 사전을 찾다 보면 미처 몰랐던 낱말의 뜻은 물론 생각보다 의미 범위가 넓다는 사실에 놀랄 것이다. 사전은 한 문화의 집대성이자 조상들의 지혜가 망라된 결과물이다.

『일기 감추는 날』(웅진주니어 2003, 개정판 이마주 2018, 개정판 시공주니어 2023)을 창작할 때가 돼서야 사전 검색의 필요성을 인지하게 되었다. 어떤 아이가 가짜 일기를 쓴다는 사실을 알게 된 순간 '일기 검열'이라는 사건을 포착하게 되었는데, 생각해 보니 내가 어렸을 때도 일기를 숙제처럼 검사하는 일은 관행이었다. 나도 그게 싫어서 가짜 일기를 썼건만 그동안 이게 문제인 줄도 몰랐으니 그 아이의 가짜 일기가 나를 사건 속으로 이끈 셈이었다.

문제 상황으로 인지하기 전까지 일기 검사는 그저 일

상이었다. 이의를 가져 본 적도 없는데 아이의 가짜 일기가 가시권에 들어왔고 문제를 파악하고자 '일기'라는 낱말부터 찾아보았다. 고백하건대, 이 문제로 사전을 찾아본 것은 창작 과정에서 혹시 실수하거나, 교권에 이의를 갖는 모양새로 보일까 봐 조심하려는 이유가 더 컸다.

일기(日記)
「명사」
「1」 날마다 그날그날 겪은 일이나 생각, 느낌 따위를 적는 개인의 기록.
「2」 그날그날 겪은 일이나 생각, 느낌 따위를 적는 장부. =일기장.
「3」 『역사』 폐위된 임금의 치세를 적은 역사. 폐주이므로 실록에 끼이지 못하고 달리 취급되었다.

뻔히 아는 걸 확인한다 싶었는데 「3」번의 뜻이 시선을 끌었다. 새로운 발견이었다. 일기라는 용어에 이런 뜻이 있는 줄 몰랐다. 모두 알다시피, 폐한 임금이란 불명예스럽게 왕의 자리에서 물러난 임금이니 좋은 의미라고 할 수 없으나 왕의 기록일 만큼 중요한 게 바로

'일기'라는 것이다. 이걸 확인하는 순간 서사의 방향이 결정되었다. 아이의 일기는 개인의 기록이고 어른이 당연하게 검열할 수 없다는 결론.

이제 사건이 벌어진 원인을 분석해야 할 단계이다. 『일기 감추는 날』은 「3」번의 의미를 확인하는 순간 주제가 결정된 경우이다. 사건이 벌어진 원인을 추적하는 과정에서 주제가 확보되기도 하는 것이다.

원인을 추적한다는 게 반드시 사실에 접근한다는 뜻은 아니라고 설명했다. 작가가 현실에서 벌어진 사건의 실체를 모두 알 수는 없으니까. 작가는 전후 맥락을 유추하며 이야기를 상상하고 이 과정에서 사실에 기반을 둔 새로운 이야기가 만들어지는 것이다. 사실에 기반을 둔 새로운 이야기라는 표현에는 설명이 좀 더 필요하다.

사건을 파악하고 유추하는 과정에 동원되는 게 바로 자료 확보와 작가의 경험이다. 얼마나 많은 정보력과 개인 경험이 있느냐에 따라 이야기가 달라지니 세상에 널리 알려진 방식을 피하고 개성을 확보해야 한다. 작품 소재를 인터넷, 유튜브나 TV에서 얻는다는 이야기를 종종 듣는다. 쉬운 방법이고 어느 정도 도움이 되는 게 사실이다. 그러나 전 국민 혹은 전 세계인에게 이미 노출된 정보라는 것 또한 사실이다. 연출된 내용일 수도 있으니 경계가 필요하다. 기왕이면 내 체험이라야 내가 처음일 수 있고, 나만의 것일 수 있으니 되도록 내 경험을 중시해야 한다.

가능하면 쉬운 길은 피해서 내 이야기가 뻔해지지 않도록 좀 더 고민하기를 바란다. 상식적인 상상은 누구나 할 테니 '그 이상의 것이 있다면?'을 고민하며 사건을 풀어 나가는 집요함을 가져야 한다. 독자가 '이 사건이 이렇게 진행된다고?' '이 사건에서 어떻게 이런 결론이 가능하지?' 하고 놀라며 집중하게 만들 허를 찌르는 전략이 필요하다. 그러자면 사건을 새로운 시각으로 인지해야 한다.

어떤 사건이 벌어지면 여론이 만들어지게 마련이다. 몇 가지 공통적인 입장이 생기는 셈이다. 그걸 그대로 따라가면 독자가 '이 뻔한 걸 왜 읽어야 하지?' 할 것이다. 어떤 새로움도 주지 못하고 노력이 부족하다는 인상을 줄지도 모른다. 어떤 문제에 대한 환기란 적어도 '아! 이 사건을 이렇게 볼 수도 있구나!' 정도가 되어야 하지 않을까. '이 작가는 사람들이 미처 보지 못한 것, 놓친 것을 보고 있어'라는 반응이라면 어느 정도 성공적이라고 할 수 있다. 설사 결론이 불편한 발언일지라도 애초에 원하던 결론을 얻어야 한다. 작가는 어차피 불편한 문제를 건드리는 사람이다. 그게 어린이에 관한 문제나 상황이라고 해도 마찬가지다.

사실을 비틀어
사건으로

　　　　사건의 포착은 순수하게 의문에서 시작 된다. 일상적이던 게 낯설게 느껴지는 순간. 불편해도 떨쳐 버리기 어려운 상황 때문에 집중할 수밖에 없는 현 실로 인해 작가들은 스트레스를 받곤 하는데, 이 스트 레스가 쓰기의 희열로 이어지니 아이러니가 아닐 수 없 다. 문제를 흘려 버리는가, 파고들고자 하는 감각이 작 동하는가에 따라 이야기꾼의 기질이 확인된다고 앞에 서 언급한 바 있다.

나와 그 문제의 충돌로 인해 불편해졌고, 원인을 파 고드는 과정에서 작가는 지금까지의 경험을 동원하게 된다고도 했다. 동원되는 경험이 어디 한둘이겠나. 각 기 다른 시간에 다른 상황, 다른 공간에서 얻은 몸의 기 억들이 이제 막 포착한 사건을 위해 기억에서 끌려 나 오니 전에 없던 파노라마가 펼쳐질 것이다. 그러나 아 직은 두서없이 퍼즐을 늘어놓는 단계에 불과하다. 이야기로 발전시키려면, 찾은 정보와 개인 경험을 재배치하는 구성력이 매우 중요해진다. 이때 작가의 개성이 뚜렷해지는데 본인의 의도대로 설계하고 이야기를 전개하기 마련이니 나만의 색깔이 보이는 것은 자연스럽고 당연한 일이다.

사건이란 일상의 충돌로 인한 관심의 발동이며 자기반성을 내포한다. '이걸 왜 여태 몰랐을까' 하고 주의 깊게 살피는 환기의 순간이다. 의문을 풀고자 사건을 점검하고 이해를 위해 경험을 동원하여 의미를 파악하게 된다면 소재에 대한 기초 단계가 마무리되었다고 해도 좋다. 사실 단계의 문제가 사건 단계로 넘어가 글감이 된 것이다.

예로써 『막다른 골목집 친구』(두산동아 2003, 개정판 웅진주니어 2010)와 『마당을 나온 암탉』을 살펴보기로 한다.

예❶ 아들 친구가 놀러 왔다. 항상 긴 양말을 신는 아이. 깔끔한 아이라고 생각.

――― 사실 단계

급히 화장실에 들어갔다 나온 아이.

젖은 긴 양말이 내려가 종아리의 멍이

드러났다.

———— 사건 단계

예❷ 길들여진 오리는 자기 알을 품을 줄

모른다는 만화책의 내용.

———— 사실 단계

오리의 알은 누가 품어 줄까?

———— 사건 단계

암탉이 알 품을 때가 되면 목덜미의

털이 빠진다는 정보

———— 사실 단계

케이지에서 무정란만 낳는 암탉의 본능은?

———— 사건 단계

사건 단계의 정보들은 창작자가 아니어도 알 수 있는

내용이다. 이 정보에 의문을 가진 창작자만이 다른 경우를 상상하게 마련인데 나는 이 순간을 '비틀기의 과정'이라고 표현한다. 사실 정보를 살짝 다르게 생각해 보면 흥미로운 상상이 가능하고 다소 엉뚱할 수도 있는 과정이 연속적으로 움직여 서사의 틀이 만들어지게 된다.

일상적이던 일 혹은 정보에 의문이 생기면 누구든 집중할 수밖에 없다. 자연스레 내 문제가 되는 순간이 서사의 시발점이니 창작자가 되고 싶다면 관찰하고 분석해야 한다. 조금만 주의가 흐트러져도 정보는 그저 일상이 되고 기회는 사라져 버린다.

창작의 욕망이 있는 사람에게 개인 경험은 자산이다. 누구나 살아온 시간만큼 경험이 모이고 쌓인다. 하지만 작가의 모든 경험이 소중해도 그것들이 의미 있게 연결되지 않으면 파편적인 기억에 불과하다. 각각의 파편적인 기억들을 나만의 서사로 만들자면 의도적인 조립 단계가 필요하다.

기록의 중요성을 앞에서 이미 설명했다. 이야기 구조가 정교할수록 유기적인 서사가 만들어지니 다소 복잡해 보일지라도 이야기를 위해서 기억 혹은 자료 정보를 눈에 들어오게끔 재배치해 보자. 이야기 지도라고 해도 좋다. 유기적으로 연결하는 서사 구조는 현실 사건에 기반을 두면서도 작가의 의도를 담은 방향성을 가져야 한다. 이는 사회적인 목소리를 담보하는 시작이자 현실 사건이 단 하나의 서사가 되는 과정이다.

작가가 현실에서 벌어진 사건의 전말을 다 알기는 어렵다. 이야기에 동원되는 사건이란 전체 사건의 부분일 수 있다. 사소해 보이는 현실의 사건 일부를 기반으로 의미 있는 전체를 만들기 위해 작가는 나머지를 유추와 개인 경험을 활용하여 채우는데 이때 소환되는 경험이 무엇이냐에 따라 이야기의 개성을 확보하게 한다.

여기서 또 조심할 것은, 자료나 취재에 지나치게 매이면 창작에 장애가 생기거나 뜻밖의 도전을 받을 수 있다는 사실이다. 장기수를 오랫동안 취재하다가 그와 돈독한 사이가 돼 버리는 바람에 소설가가 결국 창작을 포기한 사례는 참고할 만한 경우이다. 막상 창작을 시작하려니 사적 관계자가 돼 버린 장기수의 심기를 살피느라 불편했고 결국 취재 이상의 상상이 불가능했다는 것이다. 장기수에게 결박당한 느낌마저 들었노라 고백할 정도였으니 자유로운 상상력이란 얼마나 중요한지. 현실에서 얻은 사건은 작가의 내면을 관통하는 과정에서 이미 현실 사건의 바로 그것으로 보기 어렵다. 작가의 의도를 담기 때문이다. 사실 정보에 집착할수록 작가 의도가 끼어들 여지가 없는 건 너무나 당연하다.

4.
누구를 운용할 것인가
—서사 인물 선택하기

　서사를 어떤 인물에 맡겨 진행할까.

　작가가 서사의 방향을 어떻게 진행할지 결정하고 나면 그다음에 고려하는 게 주인공이다. 주인공은 주도적으로 움직여야 할 중심인물이니 신중하게 생각할 수밖에 없다. 작가가 교묘하게 숨어들어 서사를 효과적으로 전개하므로 주인공은 개성과 주체성을 동시에 탑재한 존재라야 한다. 작가의 설정이라도 주인공은 작가와 독자 사이에서 살아 움직이는 또 하나의 존재이다. 성공적인 서사 인물은 작가 이상으로 독자에게 각인된다.

　어떤 인물을 주인공 혹은 조연으로 세워야 서사가 효과적이고 매력적일까. 주인공 선택도 중요하지만 주인공을 돋보이게 하고 이야기를 흥미롭게 도와줄 조연이나 감초 역할도 작가는 철저히 계산하여 배치해야 한다.

동화를 백설 공주나 신데렐라 같은 옛이야기와 동일시해서 예쁘고 행복한 이야기, 마법사가 등장해서 주인공을 도와주는 이야기라고 생각하는 사람이 여전히 많은데 옛이야기와 창작 동화를 동일선상에 놓고 말하기는 어렵다. 옛이야기를 창작 동화의 관점으로 보자면 주인공은 조력자나 마법사라고 해도 좋다. 창작 동화에서는 누가 중요한 역할을 맡아 역동적으로 움직이는가에 독자의 시선이 쏠리는 편이다.

서사는 인물에 의해 움직이고, 독자는 문제를 해결해내는 대상에 주목한다. 창작 동화의 주인공이란 주도적으로 활약해야 인정받는다는 뜻이다. 주연은 물론 조연 역시 역할자로서 중요한 몫을 짊어지고 있는데 당연히 모든 인물 뒤에는 작가가 숨어 있다. 작가의 성향은 설정 인물 모두에 영향을 미치지만 가장 뚜렷한 의도는 당연히 주인공에게 부여된다. 주인공만큼 중요한 역할자가 있는데 바로 효과적인 조연 즉 라이벌이다. 나는 이 역할자를 또 하나의 주인공으로 인정한다.

작가가 주인공을 선택하는 조건은 작가마다 작품마다 다를지 몰라도 그 목적은 풍부하고 입체적인 서사 진행에 있다. 인상적이고 매력적이며 가치 있는 이야기 탄생을 원하기 때문이다. 인물이란 목적을 가진 작가가 의도에 맞게 서사 진행에 배치한 역할자이자 작가의 페르소나인 셈이다. 핵심 주인공Protagonist은 작가의 의도를 짊어진 첫 번째 인물이고, 이야기 진행 과정에서 가장 많은 갈등과 고통을 겪는다. 사건을 주도하고, 행동하며 독자에게 영향을 미친다. 행동하지 않는 주인공은 독자의 신뢰를 얻기 어려우며 이야기가 끝나도 의문을 남긴다. 창작을 막 시작했을 때 읽은 어떤 작품이 떠오른다. 동화에 대해 아는 바 없고 분석할 능력조차 없을 때였는데도 주인공이 역할도 갈등도 없어 허약하다는 인상만 남은 작품이다.

일제 강점기 말엽이 배경인 창작 동화였다. 일본군에 강제로 끌려가 동남아에 배치된 소년병 이야기인데 모 기관의 추천 도서였기 때문에 기대가 컸다. 그런데 이야기가 끝나도록 사건이 벌어지지 않는다. 소년은 징집되어 그곳에 끌려가기는 했으나 전쟁에 참여하기도 전에 해방을 맞았고, 감동적인 눈물을 흘리며 이야기가 끝나 버렸다.

현실이라면 이보다 다행스러운 일이 또 있을까. 소년이 다치지 않고 집으로 돌아올 테니 고마운 일이다. 실제로 그런 상황에서 멀쩡히 귀향한 사람을 생각하면 비극적인 이 상황에 이의를 갖는 게 억지 아니냐 할지도 모르겠다. 그러나 작품에 대한 독자의 기대는 어떤 세계(상황)를 향한 내적 경험과 카타르시스에 있다. 그러니 아무것도 하지 않는 작품 속 소년이 주인공으로 보일 리 없고, 작가가 무슨 이야기를 하려는 것인지, 왜 이런 방식의 이야기를 구성했는지 의문투성이였다.

독자는 책을 펴는 순간 기대한다. 소재 때문이든 작가의 유명세 때문이든 표지에 끌려서든 집중할 무엇인가를 갈망하는데 그게 채워지지 않으면 허탈하다. 시간을 낭비했다고 생각할지도 모른다. 현실에 기반을 둔 사건이라도 이야기를 의도했다면 작가는 주인공에게 역할을 부여하고 주도적으로 움직이도록 상황을 설정해야 한다.

또 하나의 주인공

주도적인 인물을 주인공Protagonist이라 한다면 강력한 반동 인물Antagonist을 조연이라 할 수 있다. 서사는 주동 인물과 반동 인물을 두 축으로 균형을 유지하며 성장하는 구조이다. 반동 인물은 대개 라이벌이나 악당, 트러블 메이커 역할을 맡는다. 주연과 대립하는 조연은 독자의 반감으로 생동감을 얻는 인물로서 주연 정도의 핵심적 역할자이다. 독자가 어릴수록 반동 인물에는 공감하지 않는다. 나쁜 역할자는 처벌당해야 마땅하기 때문이다. 주연과 조연은 어린 독자에게 선과 악의 개념을 각인시킨다. 때로는 카타르시스와 '~처럼 하지 말아야지'의 기준이 되기도 한다. 그러나 사춘기 정도의 독자 수준만 되어도 작가는 반동 인물의 다른 면을 복선 혹은 반전 기회로 활용할 수 있다. 사고의 전환을 끌어내는 역할자로 변모 가능하다는 의미다.

『마당을 나온 암탉』의 족제비가 이 설명의 예라고 할 수 있다. 어린 독자들은 족제비를 조연으로도 또 하나의 주인공으로도 인정하지 않는다. 그저 주인공을 못살게 구는 나쁜 녀석일 뿐이다. 어린 독자에게 또 하나의 주인공이 누구인지 물으면 대부분 초록머리나 나그네를 주인공이라고 한다. 어른 수준의 사고를 하는 독자는 족제비를 중요한 인물이자 또 다른 주인공으로 이해한다. 족제비는 악의적 역할을 도맡았으나 후반부에서 그럴 수밖에 없는 이유가 드러나도록 설정했고, 독자의 입장 변화를 꾀할 수 있는 복선으로 배치했다. 족제비가 또 하나의 주인공일 수 있는 근거는 아이러니하게도 잎싹의 목숨을 내내 위협하는 행위에 있다. 족제비가 그토록 집요했으니 주인공 잎싹이 달라지고 성장할 수 있는 것이다.

서사 진행을 위해서 맨 먼저 결정되는 주인공은 주도
적으로 활약하고, 많은 갈등을 겪으며 좌절하고 깨닫고
성장하면서 변모를 거듭하여 완성된다. 주인공의 성장
은 독자의 성장과 맞물리고 주요 인물들이 입체적으로
활약하면 이야기가 생생해진다는 사실을 기억해야 한
다. 주도적으로 행동하지 않는 인물은 독자에게 피로감
을 줄 뿐이다.

『마당을 나온 암탉』에서 주인공을 결정할 때 고민이
컸다. 무심코 읽던 책에서 '길들여진 오리는 자기가 낳
은 알도 품을 줄 모른다'는 정보를 알게 되었고, TV를
보다가 우연히 '토종닭이 자기가 낳은 알을 품을 때가
되면 가슴 털이 저절로 빠진다'는 정보를 얻었을 때 두
정보가 충돌하는 느낌이었다. 비슷해 보이는 가금류의
상반된 결과가 흥미로웠고 이것은 갑자기 내 일상에 화
두가 되었다. 일상의 충돌이 소재가 되는 순간 어떤 인
물을 주인공으로 결정해도 좋겠다는 확신이 들었다.

오리 정보를 알고 나서 며칠 뒤에 토종닭의 정보를
얻었기 때문에 오리가 주인공인 이야기를 먼저 상상했
다. 그런데 아무리 궁리해도 이야기가 지루해서 앞이
보이지 않는 것이다. 그래서 닭으로 주인공을 바꾸자

이야기가 유연하게 풀리기 시작했다. 덕분에 이야기 양상이 달라진 것은 물론 과감한 시도로 창작의 묘미도 경험할 수 있었다.

오리를 주인공으로 할 경우, 자기 정체성을 깨닫고 진정한 오리가 되는 과정의 이야기 전개가 가능하고 그걸 깨닫게 해 줄 인물은 당연히 암탉이라야 했다. 그러자면 암탉을 모성애와 본능을 간직한 인물 이상으로 그려내기는 어려웠을 것이다. 이 단조롭고 뻔한 구조를 피해서 주인공을 바꾼 일은 적절한 선택이었다.

암탉

알을 품을 때가 되면 목덜미의 털이 저절로 빠진다.
—— 본능. 사실 단계

그 본능이 거세된 상황이라면?
—— 사건 단계

오리

길들여진 오리는 알을 낳고도 품을 줄 모른다.
(당시에 얻은 오리 정보: 모든 오리가 같은 양상을 보이지는 않는다.)
—— 본능 상실. 사실 단계

지극한 모성애의 소유자, 암탉의 사실 단계 정보를 비틀어서 '거세된 본능에 의문을 가지는 사건'으로 상상하니 하고 싶은 이야기가 분명해지고 풍성해졌다. 당시에 참고했던 오리에 대한 정보가 담긴 그 책은 길들여지는 태도에 경각심을 일깨우려는 목적의 이야기였다. 정체성을 상실한 존재에 대한 경고랄까. 이 내용을 어미 닭과 알로 치환한 셈이다. 결국 품어 줄 어미가 없는 알과 품을 알이 없었던 암탉의 운명적 만남을 상상했으니 정보 단계의 정체성이라는 의미가 『마당을 나온 암탉』의 알 혹은 품는다는 행위로 구체화된 것이다. 만약, 오리에 대한 경고성 정보가 없었다면 암탉에 집중했을 리 없고, 날지 않는 닭에게도 날개(퇴화된)가 있다는 사실을 환기할 리도 없었을 것이다. 두 소재의 대비 효과가 이 작품의 핵심이고 족제비는 그걸 깨닫도록 이끄는 갈등 유발자이다.

암탉을 주인공으로 결정하고 어릴 때의 경험과 백과사전, 실제 닭의 생태 등 많은 정보를 수집하고 눈에 보이게 늘어놓았다. 주인공을 모든 사건에 관계시키고, 사건의 정면에 서게 하고, 해결자로 움직이게 설정하는 건 매우 중요하다. 서사 전개 과정에서 주인공은 변하고 성장하는데 이때의 성장은 긍정적인 것과 부정적인 모든 것을 포함한다. 지독한 악역으로 전락하든 실수를 뼈저리게 통감하며 좌절하든 영웅으로 승리하든 간에 주인공이 사건을 관통하며 자아를 깨닫는다는 면에서는 성장이다.

작품 결말에서 암탉 잎싹은 죽고 족제비는 살아남았다. 주인공이 죽는 마지막 결정이 쉬웠던 건 아니다. 이 작품을 쓸 때만 해도 동화에서 '죽음', 더구나 주인공의 죽음은 금기였으니까. 주인공이 죽고 조연이 살아남은 결말로 인해서 아직도 독자의 질문을 받고 있지만, 주인공은 자신의 죽음을 이해했고 조연은 살아남았으나 불행하다. 사냥에 성공했으나 고달픈 삶을 이어 가야 하는 존재라는 점에서 족제비는 또 하나의 주인공 역할을 분명하게 보여준다.

**인물의 영향
혹은 효과**

『샘마을 몽당깨비』(창비 1999, 개정판 2013)

는 몽당깨비라는 도깨비가 주인공인 판타지 동화이다. 도깨비에 대한 정보와 관심은 전시회에서 얻었다. 어느 화가가 도깨비 전시회를 한다기에 인사차 들렀을 때만 해도 도깨비에 대해서는 용어를 아는 정도였고 전시회에서도 딱히 영감을 얻은 건 아니었다. 다만 여러 종류의 괴상한 도깨비 형상을 보면서 왜 이런 걸 전시하는지 궁금했을 뿐이다. 화가가 도깨비의 무엇에 매력을 느꼈는지 알고 싶어서 자료를 찾아보게 되었고 결국 나 또한 그 매력에 빠져 버렸다. 나에게 도깨비 자료들은 흥미롭고 낯선 정보였다. 자료를 통해 소재를 얻은 셈이다.

이 작품을 말할 때마다 상호 텍스트성intertextuality을 언급하지 않을 수 없다. 여러 가지 민담 속에서 서사에 필요한 요소들을 얻어 조립한 이야기이기 때문이다. 몽당깨비(몽당빗자루와 도깨비의 혼합)라는 주인공의 탄생 배경에는 상징 사전의 정보와 도깨비 문헌, 역사학자의 흥미로운 의견, 여러 민담이 에너지가 돼 주었고 나는 흥미로운 조각들을 엮어서 퍼즐을 맞추듯이 작업했다.

이 작품을 쓸 당시에 나는 판타지 동화에 대해 아는 바가 없었다. 판타지 작품인 줄도 모르고 창작한 셈이다. 다만 작품 속에서 300년이라는 시간을 건너뛰어 현대로 올 수 있는 인물로 도깨비를 대체할 인물은 없었

고, 현실과 비현실의 경계를 넘나들기에도 도깨비가 적임자라는 생각만으로 비현실적인 구조의 이야기를 상상할 수밖에 없었다. 일본의 오니おに가 어쩌다가 우리 도깨비처럼 자리를 잡았는지, 어쩌다가 인간도 신도 아닌 도깨비가 우리와 친숙해졌는지 관심을 가지면 누구라도 흥미로운 소재를 얻어 새로운 이야기를 창작할 수 있을 것이다.

『나쁜 어린이 표』(웅진주니어 1999, 개정판 이마주 2017, 개정판 시공주니어 2024)는 주인공 인물이 독자에게 영향을 미쳤거나 독서의 효과를 낸 예로 이야기를 해 볼 만하다. 어떤 아이의 나쁜 경험이라 세상에 드러내기가 쉽지는 않았다. 어린이 신문에 게재할 단편 동화 원고를 청탁받은 때였는데, 하필 교실의 스티커 문제가 가시권에 들어왔고 다른 생각을 할 수가 없었다. 결국 선생님이 정한 규칙에 번번이 어긋나는 아이 편에서 이야기를 구상하였고, 예상보다 길게 신문 연재를 마친 뒤에 출간까지 했다. 어떤 작가가 연재 글을 읽고 '이건 교권에 대한 도전이다. 동화를 이렇게 쓰면 안 된다'고 했을 만큼 당시로서는 예민한 소재였다. 그러나 교실의 스티커 제도가 아이들 입장을 고려하지 않은 부당한 처사라는 생각을 떨치기 어려워서 애초 의도대로 이야기를 진행했다.

　상벌을 규정하는 스티커 제도가 담임 선생님이 일방적으로 정한 규칙인지라 출간으로 인해 실제 모델이 피해를 당하면 어쩌나 혹시라도 담임 선생님이 읽으면 어떡하나 걱정을 좀 했다. 그러나 기우였다. 독자 반응이 예상과 달라서 이후 창작자로서의 태도와 책의 역할에 대한 입장을 정리할 수 있었다. 출판사에서 개최한 독후감 대회에서 상을 받은 소년의 실제 경험은 나쁜 어린이 표를 받던 주인공보다 더 지독했다. 선생님의 오해로 억울한 상황을 겪은 소년의 고백이 공개된 것이다. 소년은 사건의 진실을 알고도 잘못을 교정하지 않았던 선생님 때문에 '일주일 동안 교실에서 책상 없이 지내야 하는 벌'을 받았고 전학까지 가야 했단다. 외출마저 꺼리던 소년이 이 작품을 읽고 자기 분노를 글로 써 풀어 드러내고 스스로에게 용기를 준 에피소드는 시간이 흘러도 나를 뭉클하게 만든다. 책의 역할과 작가의 태도에 대한 깊은 인상을 남긴 사건이었다. 이제는 서사 인물이 독자에게 미치는 영향에 대해서도 말할 근거가 되었음은 물론 동화가 어린이들의 문제에 대해 일종의 매스컴일 수 있음을 믿는다.

악역이랄 수 없는
조연

　　　　『푸른 개 장발』(웅진주니어 2005, 개정판 2012, 개정판 이마주 2019)의 주연과 조연의 대립 구도는 구성 단계부터 동급이었다. 장발이라는 개가 화자라서 당연히 개가 주인공인 듯하지만, 대립 관계인 개 주인 '목청 씨' 역시 처음부터 주인공으로 계산하여 배치했다. 장발은 주인을 이겨 먹으려 들고, 짖어 대고, 물어뜯고, 원망하고, 주인을 미워하는 캐릭터이다. 목청 씨역시 장발을 사랑하지 않는다. 길들이려 하고, 명령하고, 장발의 새끼를 팔아 용돈을 버는 다소 비정한 인물이다. 이들은 경계하고 대립하며 상대를 지켜보는 사이다. 두 인물은 한 공간에서 팽팽히 맞선 채로 늙어 가고, 병들고, 안타까워하며 서로에게 공감하는 관계로 변해간다. 온전한 악인도 선인도 없는 설정이다. 두 인물은 동급의 주인공이고, 고지식했던 현실의 실제 인물을 둘로 나누어 개와 노인으로 배치한 작품이다.

　이 작품의 시작은 내 기억 속에 선명한 우리 집 개의 죽음이었다. 아버지는 개에게 빗자루를 휘둘렀고, 장발은 이빨을 드러내고 아버지에게 대들었다. 그게 둘의 관계였다. 어느 날 개가 들판을 쏘다니다 다쳐서 돌아와 여러 날 고통스러워하다가 죽었는데 아버지가 그 곁을 끝까지 지켰다. 암 수술 받은 뒤라 온전치 못한 몸인데도 미음까지 끓여 먹이며 마지막을 지키던 모습은 오래 살아온 부부의 애증 관계처럼 해괴하고 이상하기까지 했다. 앙숙이던 두 고집쟁이의 관계를 그때는 이해하기 어려웠으나 아주 선명한 기억으로 남은 덕분에 작품이 될 수 있었다.

두 인물 모두 주연으로 무게감이 충분했고 특별히 어느 한쪽을 악역으로 만들고 싶지 않았다. 개를 화자로 결정한 효과는 동화에 노인의 어른 색깔이 강해지는 문제를 덜어 낼 수 있었다는 점이다. 현실의 문제들이 작품의 전개 그대로 벌어졌던 것은 아니다. 서사 전개를 위해 자료를 재구성하는 과정이 필요했고, 파편적인 기억에 보완이 필요한 지점에는 상상력을 동원하는 수밖에 없었다.

앞에서 언급한 『나, 이사 갈 거야』는 주인공 로타 가정뿐 아니라 이웃까지 다정하고 따뜻하게 등장하니 딱히 누구를 악역 혹은 라이벌이라 규정할 수 없다. 심술이 난 다섯 살짜리 여자아이가 툴툴거리다 실수하고, 그 실수가 마음에 걸리고, 엄마한테 미안해서 집을 나가 버리는 이야기니까. 나쁜 짓 하는 인물을 굳이 꼽자면 주인공 로타이다.

라이벌이 갈등을 조장하는 게 아닌 주인공 혼자서 좌충우돌하고 어른의 설교 없이 스스로 깨닫는 과정이 장점인 작품이다. 조연들은 주인공의 실수를 뻔히 알면서도 '저 때는 다 저러는 거지' 하는 식으로 이야기를 들어주면서 지켜보고 기다려 준다. 뻔뻔하게 제멋대로 굴던 아이가 누구의 간섭이나 가르침 없이 자기 고백의 시간을 갖는 이야기라는 점에서 반항기의 어린아이를 인정해 주는 작품이라고 할 수 있다.

사건이 꼬이고, 갈등이 깊어지고 심화되는 방식으로 이야기를 쌓아 가는 역할자는 대개 주연보다는 조연이다. 조연이 강력해야 주연이 선명해진다는 점을 기억해야 한다. 물론 주연의 역할이 조연에게 기울어지면 안 된다. 조연 역할이 주연보다 세거나 매력적이면 주연과 조연의 위상이 뒤바뀌어 버리니 균형이 깨지지 않도록 역할 안배에 신중해야 한다. 그 밖의 조연들이 단순 역할자이거나 정보 제공자 정도라면 주요 인물로 느껴지지 않도록 이름 없이 '친구'나 '어떤 애' ' 지나가던 애' 등으로 표현할 수도 있다.

누구의 시각으로 전개할 것인가
—동화의 시점

시점은 어떤 문제를 바라보고자 하는 작가의 관점이다. 작가와 독자를 연결하는 조건으로 어떤 문제가 어떻게 시작되고 전개되는지 독자를 안내하고 사건의 모든 것과 작가의 가치관까지 제시하는 방법이다. 1인칭 주인공 시점, 3인칭 주인공 시점, 전지적 작가 시점, 3인칭 관찰자 시점이 동화에서 자주 활용되는 편인데 화자의 인식이나 행위와 관계가 깊다. 시점 때문에 동화의 모양이 규정되곤 하는데 표현의 유형, 독자의 연령대, 세계의식의 범위, 심지어 작가의 어투까지 시점의 영향을 받기 때문이다. 어떤 시점을 선택하든 작가는 어린이의 심리, 어린이다움, 어린이의 성향 혹은 나이에 따른 인식 등을 고려해야 한다.

어린이가 아닌 동물이나 식물, 사물, 노인의 시점이

쓰이기도 하는데 어느 경우이든 작가의 목소리가 직접 드러나지 않도록 주의해야 한다. 노인이나 지도자가 등장할 때 훈계나 현자의 목소리가 직접 노출되어 독자의 집중력을 흐리는 일이 없어야 한다는 뜻이다. 어느 시점이든 동화의 모양을 갖추려면 시점 주체자의 특성과 어린이다움이 잘 혼용되어야 독자의 공감을 얻을 것이다.

1인칭
주인공 시점

주인공의 눈으로 상황을 보고 파악하는 방식이다. 주인공의 심리가 잘 드러나고, 주관적 입장으로 문제를 바라보기 때문에 감정선이 섬세하고 독자의 감정 이입이 용이한 편이다. 그러나 타인의 내면을 알 수 없다는 제약과 객관적 입장이나 중도적인 시각을 유지하기 어려운 특성도 있다. 내가 타인을 온전히 알기 어려운 것과 마찬가지다.

동화는 1인칭 주인공 시점의 작품이 많은 편이다. 주인공이 자기 이야기를 들려주는 방식이라 빠르게 어린이 독자의 감정을 움직일 수 있기 때문이다. 이 시점의 화자는 사건의 내부(이야기 속)에 있으면서 독자에게 자신의 이야기를 섬세하게 들려주고 이야기를 주도한다.

『나쁜 어린이 표』는 나(건우)의 시점에서 이야기가 전개된다. '나는 여태껏 내가 나쁜 애라고 생각한 적이 없었어요.' '나는 이번에도 무척 못마땅했어요. 욕한 게 잘했다는 게 아니라 불공평하다는 말이에요' 하는 식으로 철저히 자기가 보고 파악한 대로 이야기를 들려준다. 독자는 시작부터 화자에 개입되어 이야기를 전달받고 화자가 본 것만을 알 수 있다. 가령 화자가 오해하거나 잘못 알게 된 사실이라도 그대로 따를 수밖에 없다. 1인칭 주인공 시점의 화자가 타인에 대해 알거나 다른 상황을 아는 방법은 짐작뿐이다.

화자인 '나'는 화장실에서 욕했다며 선생님이 자기한테만 벌칙 스티커를 발부한 상황에 화가 났다. 화자는 화를 낼 수밖에 없고, 억울한 상황을 나름 논리적으로 따져 본다. 그 근거가 바로 선생님이 "이건우! 너 화장실에서 욕했다면서?" 한 부분이다. 화자(건우)가 화장실에서 욕했다는 사실을 선생님이 알게 된 건 누가 고자질했기 때문이고, 그렇다면 고자질한 애도 잘못을 했다는 게 화자의 생각이다. 자기 잘못과 누군가의 잘못이 동시에 일어났는데 선생님이 자기한테만 벌칙 스티커를 주는 건 불공평하다는 판단을 한 것이다. 누군가의 고자질이 없었다면 여자인 선생님이 남자 화장실에서 생긴 일을 알 수 없고, 고자질도 나쁜 행동이니 선생님이 그 문제도 지적해야 한다는 것이다. 물론 화자의 생각은 어디까지나 짐작이다. 화자의 짐작대로 누군가 고자질했을 수도 있지만 화자에게 욕먹은 아이가 툴툴거리는 소리를 선생님이 들었거나, 화자가 욕했다는 사실에 대해 아이들이 말하는 걸 선생님이 들었을 가능성도 있다. 이처럼 1인칭 주인공 시점에서는 화자의 인식 밖에서 벌어지는 상황까지 독자가 알기는 어렵다.

3인칭
주인공 시점

3인칭 주인공 시점도 1인칭 주인공 시점만큼이나 동화에서 자주 활용된다. 두 방식은 유사하면서도 미세한 차이가 있다. 1인칭 주인공 시점이 작가와 화자가 한몸처럼 밀착된 것에 비해 3인칭 주인공 시점에서는 작가가 화자에서 다소 분리되는 경향이 나타나기도 한다.

'나'가 아닌 3인칭으로 주인공 이름이 정해졌을 뿐, 화자의 시선으로 문제나 상황을 파악한다는 점은 다르지 않다. 섬세한 심리가 드러나고, 독백체가 지문 속에 쓰이기도 해서 독자에게 친밀감을 주고 신뢰감을 얻기에도 탁월하며 타인의 속마음을 알 수 없다는 특징도 유사하다. 그러나 3인칭 주인공 시점에서는 인물에 대해서 객관적 감정을 드러내야 할 때 불가피하게 작가가 화자와 거리를 두게 된다. 화자의 감정과 심리를 보다 더 냉철하게 묘사해야 할 때 나타나는 경향이다. 이에 대한 설명으로는 『열한 살의 가방』(이마주 2018)이 적절하다.

위탁 가정을 전전하던 믿음이가 화자인 이야기다. 위탁 부모가 집을 비운 사이에 가사 도우미가 싫어하는 짓을 저지르고 차고에 갇힌 화자가 '어둠이 익숙해질 때까지 멍하니 서 있는' 장면이 있다. 작가가 화자에 밀착되어 암담한 상황을 표현한 것 같으면서도 작가와 화자 사이에 미세함 틈이 느껴지는 묘사이다. 화자는 열한 살이고 불안정한 심리로 인해 자기표현이 서툰 아이다. '어둠이 익숙해질 때까지'와 같은 표현이 어려운 화자라서 작가는 화자에게 슬쩍 빠져나와 아이의 암담한 처지를 객관적으로 묘사한다.

주인공의 독백체 심리와 작가의 관찰 묘사가 적절히 섞이기도 하는 게 3인칭 주인공 시점인데 독자의 가독성에 지장을 주지 않는 범위 내에서 작가는 선택적으로 묘사의 여유를 가지곤 한다. 3인칭 주인공 시점 역시 주인공이 모든 것을 파악하여 전달하므로 독자의 공감을 얻기에 유리하나, 관여할 수 있는 세계가 화자 인식에 한정돼 있어서 작가가 대서사를 운용하기에는 한계가 느껴질 수 있다.

전지적
작가 시점

작가가 서사 바깥에서 모든 정황을 훤히 알고 전개하는 방식이다. 인물의 행동과 태도는 물론 내면 의식까지 해석하여 보여주고 다른 인물로 옮겨 가서 그 내면까지 보여줄 수 있는 특징이 있다. 신의 위치와 비슷한 셈인데, 작가가 깊게 개입되어 있다는 인상 때문에 독자의 사고가 제한적으로 느껴질 수 있다.

『나, 이사 갈 거야』의 도입부를 앞에서도 예로 설명했다. 다섯 살 로타가 기분 나쁜 꿈 때문에 투정 부리는 이야기로 시작해서 엄마에게 반항하다 가위로 스웨터에 구멍을 내고는 심술로 벌인 짓을 사과하기는커녕 가출해 버리는 이야기이다. 로타가 골이 잔뜩 난 채로 깨어난 것은 나쁜 꿈을 꾸었기 때문이다. 로타의 태도에 대해 작가가 '로타는 바보처럼 꿈에서 본 것이 진짜인 줄 알았어요. 그래서 화가 난 거예요'라고 설명한다. 화자인 로타에게 밀착되어 상황을 보여주는 게 아닌, 아예 화자에게서 작가가 분리된 채 뭐가 문제인지 정확하게 정리해 버린다.

도입부에서 작가는 로타가 얼마 전 다섯 살이 되었다는 정보와 집이 어디인지, 왜 기분이 나쁜지 시시콜콜 설명한다. 시점이 로타가 아닌 작가에게 있다. 심지어 꿈과 현실을 혼동한 로타를 '바보'라고 표현한다. 작가의 시선은 곧바로 엄마에게 옮겨 가 '벌써 아침 여덟 시인데, 우리 로타가 아직도 안 일어나고 뭐하는 거지?' 하는 식으로 엄마의 속마음까지 보여준다. 엄마의 독백은 지문과 구분해서 문장 부호로 처리했다.

전지적 작가 시점은 이처럼 로타의 심리와 엄마의 속마음까지 다 알고 진행할 수 있다. 잠에서 막 깨어나 꿈과 현실을 구별 못한 아이를 작가가 '바보'라고 표현한 것은 귀엽다는 의미일 수도 있다. 그러나 이런 상황의 아이를 '바보'라고 표현한 것에 동의하지 않는 독자도 있을 것이다. 전지적 작가 시점에서는 마음에 들지 않아도 독자가 개입하기 어려운 제한적 상황이 간혹 생긴다.

3인칭
관찰자 시점

관찰자 시점은 작가가 주관적인 입장을
배제하고 인물과 상황에 거리감을 유지하며 관찰 묘사
하는 방식이다. 객관적 시각으로 상황을 있는 그대로
전달하고 묘사할 뿐이라서 전개가 다소 건조하게 느껴
질 수 있으나 감상과 판단의 자유가 독자에게 맡겨진다
는 점이 특징이다. 다음의 예는 전개 방식도 설정도 단
순하지 않은 시리즈물이다.

케이트 클리스의 『43번지 유령 저택』(시공주니어 2012)
시리즈는 3인칭 관찰자 시점이 가장 적절하게 사용된
작품이다. '이제부터 보게 될 글들은 그 일이 없었더라
면 조용했을 미국 일리노이 주에 있는 '겁나라'라는 작
은 도시의 으슥한 공동묘지 길 43번지에 있는 어떤 저
택에서 일어난 괴상한 사건들과 관련해 어느 해 여름에
실제로 오고 간 편지와 서류 모음이에요'로 시작된다.
시리즈인 이 이야기는 인물과 상황이 다소 복잡해서 편
지나 서류 등의 가시적인 정보가 아니고는 어린이 독자
를 주목하게 할 방법이 없어 보인다. 상황이 그만큼 복
잡하고 등장인물이 많고 전개 방식 또한 인물에 맞춰
다르게 표현하고 있기 때문이다.

이 작품은 '부루퉁 B. 그럼플리(추리 소설 전문 작가)', 부당하지 않은 '부동산 중개업자', 43번지 집에 거주하는 소년 '드리미', 유령 상태인 '올드미스'를 작가가 관찰하고 묘사하는 방식으로 전개된다. 인물들의 행위와 생각을 객관적으로 스케치하여 전달할 뿐이라서 딱히 누구를 주인공이라고 할 수도 없다. 물론 잘못에 대한 대가를 치르는 인물이 있으나 그 판단조차 독자에게 돌렸을 만큼 작가는 어떤 인물에도 개입하지 않는다.

'그 일'이라는 게 이 작품의 사건인데, '그 일'이란 그럼플리라는 작가가 부동산 중개업자에게 한 통의 편지를 보낸 일을 말한다. 그럼플리가 출판사의 원고 독촉에 시달리다 집필할 공간을 찾아 달라는 편지를 부동산 중개업자에게 보내고, 부동산 중개업자가 답장을 보내고, 작가가 거기에 답장하고, 또 부동산 중개업자가 작가에게 답장하는 장면이 연속해서 나온다. 집 구하는 과정을 편지로 보여주는 것이다. 작가가 집을 결정하자 이 집을 지은 집주인이 등장한다. 죽어서도 집을 떠나지 않은 유령 올드미스다. 그리고 작가가 구한 방의 위층에 사는 드리미라는 소년도 등장한다. 이들의 소통 방식은 주로 짤막한 편지나 메모이고, 누구의 메시지인가는 글자체로 특징지어 구분한다.

독특한 전개 방식의 작품이라 집중력이 필요하지만, 아주 다양한 아이디어가 포진되어 창작자에게 영감을 주는 작품이다. 이 작품에서 작가는 어디에 위치하는가? 작가는 여러 인물의 편지 배달부처럼 분주하게 움직일 뿐이다. 어떤 인물에도 감정을 섞지 않고 마치 구경꾼처럼 벌어지는 상황과 문제들을 건조하게 나열할 뿐이다. 그래서 다소 복잡해 보이는 이야기라도 독자는 나름대로 즐기며 다층적인 이야기들을 이해하고 조립해 나갈 수 있다.

화자의 이름 짓기

이야기에서 화자(주인공)의 이름은 매우 중요하다. 전체 서사에 어울려야 하고, 이야기와 함께 대명사처럼 독자에게 각인되는 큰 조건이기 때문이다. 이름에도 사연이 있으면 서사에 도움이 된다. 『마당을 나온 암탉』의 잎싹이라는 이름을 짓는 과정에는 내 경험인 군자란에 대한 에피소드가 있다. 오랫동안 꽃을 피우지 못하던 군자란이 꽃을 피우고 죽는 과정에서 얻은 경험이다. 그러나 가장 중요한 의미는 사전과 구체적인 식물 정보에서 찾았다고 할 수 있다. 『43번지 유령 저택』의 인물에 붙은 이름에서는 독자에 접근하려는 출판사의 강한 의도가 느껴진다. 의도가 너무 선명해서 작위적으로 느껴질 정도이나 이름 짓기의 좋은 예가 분명하다. 출판사의 담당자에게서 각 이름에 대한 사연을 들을 수 있었다. 원문의 이름과 번역본의 이름이 달라 번역 단계에서 영문의 뜻을 살리고 인물을 강화하는 방향으로 정리했다고 한다.

원문 이름	번역본 이름	인물 설정
이그나티우스Ignatius	부루퉁 B. 그럼플리	유명한(하지만 늘 불퉁대는) 어린이책 작가
아니타Anita	다파라 세일	부동산 중개업자
페이지Paige	책만봐 터너	그럼플리와 계약한 출판사 사장
시무어Seymour	드리미 호프	위층에 사는 소년
올리브Olive	올드미스 C. 스푸키	43번지에 집을 지은 귀부인. (이야기가 시작되기 97년 전에 세상을 떠났음)

번역 과정에서 이름이 현지 문화에 맞도록 바뀌는 일은 종종 있다. 이 작품의 경우에는 번역본을 낸 출판사가 정한 이름이 과장과 익살 넘치는 인물을 더 강화한 것으로 보인다.

화자(인물)는 작가의 큰 의도가 담기는 그릇이다. 이

야기에 등장하는 인물들은 작가의 의도대로 맡은 역할
이 있고, 작가는 이들을 움직여 자신만의 세계를 구축
한다. 모든 인물이 작가의 계산된 의도를 담당하는데,
주인공의 그릇이 크고 단단하다면 보조적인 인물들의
그릇은 그보다 약하거나 심지어 일회용일 수도 있다.

　인물을 계산하여 배치할 수밖에 없는 이유는, 작가가
백지에서부터 필요성을 계산하여 세계를 구축하기 때
문이다. 불필요한 인물은 서사에 들일 이유가 없다. 문
자로 강한 인상을 남기는 맨 처음이 바로 인물의 명칭
이다.

　독자가 첫 장면에서부터 끝까지 이야기를 따라간다
고 해도 작가와 독자의 위치는 다르다. 작가가 매력적
인 인물을 운용하여 무의 상태에서 책의 모양으로 가기
까지의 과정과 독자가 책의 상태에서 작가의 심중을 파
악하는 과정은 같을 수 없다.

어떤 방식이 효과적일까
—동화의 여러 유형

동화책은 외양에서부터 다채롭다. 모양도 색깔도 디자인도 다양하다. 대상이 어릴수록 색이나 선이 선명, 단순하고 전개 방식도 작품마다 달라서 아기자기한 인상을 주는 게 사실이다. 흔히 동화를 어린이를 위한 서사물이라고 한다. 동화를 '환상적인 이야기나 요정이 나오는 이야기'라고 간단히 정의하기도 한다. 틀린 의견은 아니나 이런 정의는 동화를 부분적으로 이해한 표현이다.

책의 모양뿐 아니라 동화의 내용을 전달하는 방식도 다양하다. 동화의 영역을 넓게 보면 옛이야기, 민담, 우화, 신화, 설화 등을 수용할 수 있고, 실제로 이런 이야기들은 어린이책의 형태로 움직이고 있다. 그러나 마고 할미나 아기 장수 이야기, 백설공주나 라푼첼, 이솝, 자청비나 가믄장아기 설화 등은 어린이만의 전유물이라고 할 수는 없다. 한 문화권에 전해지는 설화가 어린이의 눈높이에 맞춰 다듬어지기도 하고 어린이에게 적절치 못한 경우는 제외되거나 변용되기도 하였으니 옛이야기, 우화, 신화, 설화 등에 대한 이해는 확장되어야 할 것이다. 당연히 동화는 이런 종류의 이야기에 깊은 뿌리를 두고 있다.

초기의 동화라는 것은 경고성이 강해서 교육이나 교훈을 위한 도구 이상의 강력한 메시지를 담고 있었다. 극단적으로 겁을 주어 아이들의 나쁜 행동을 예방하려는 목적이 컸기 때문이다. 『하인리히 호프만 박사의 더벅머리 아이』(문학동네 2004)는 독일의 의사였던 호프만 박사가 직접 쓰고 그려서 1845년에 출간한 그림책이다. 지저분한 아이, 난폭한 아이, 개를 때리는 아이, 불장난하는 아이, 피부색이 다르다고 괴롭히는 아이들이 어떤 꼴을 당하는지 구체적으로 묘사하고 있다. 강력한 주의와 함께 '말 잘 듣고, 얌전해야 아기 예수가 선물을 한 아름 안고 찾아온다'는 말로 회유하는 내용으로 미루어 보아 어린이에 대한 기대나 보호의 방식을 짐작할 수 있는 자료이다. 당시 어린이를 대하는 인식이나 어린이에게 요구되는 것이란 이 정도라야 했는지도 모른다. 강의실 학생들이 놀랄 정도의(섬뜩한 그림까지 곁들여서) 작품이지만, 유통망이 좋았을 리 없는 당시에 4주 만에 1,500부가 팔렸다고 하니 아이를 둔 가정의 상비약 같은 게 아니었을까.

오랜 시간이 흘렀건만 여전히 동화를 어린이를 위한 것이자 교훈적인 내용이 담긴 이야기로 보는 경향이 있다. 어린이의 정서와 어린이에게 미치는 영향을 배제할 수 없는 동화의 특성 때문에 완벽하게 거리를 두기 어려운 게 사실이나 동화가 어린이의 전유물이 아닌 모두의 문학이라는 것 또한 사실이다. 교훈성을 담보하고 인도주의 정신을 추구하는 데에 동화의 주요 의미가 있음은 굳이 설명이 필요 없다. 어린이와 동심을 중심에 둔 문학이자 인간의 보편적인 진실과 문예성을 추구하는 데에 동화의 가치가 있는 것이다.

작가가 이야기를 드러내는 방식에 따라 동화의 모양이 달라진다. 본격적인 창작에 앞서 표현 방식을 검토해야 하는 이유는 포착한 사건을 가장 효과적으로 전개할 방법이 필요하기 때문이다. 동화가 모두를 대상으로 하는 문학이라고 해도 첫 번째 독자가 어린이라는 사실을 피할 수 없고, 아무리 좋은 이야기라도 독자가 선택하지 않으면 소용없으니 자신의 이야기를 효과적으로 드러낼 수 있는 표현 방식에 신중해야 한다. 편의상 사실 동화, 동(식)물 동화, 우화 동화, 판타지 동화, 의인화 동화, 상징 동화로 구분짓기는 하였으나 작품에 여러 요소가 혼용된 경우가 많으니 이 구분은 경계가 명확하지 않음을 미리 밝힌다.

사실 동화
(생활 동화)

동화 시장에서 가장 일반적인 표현 방식이 사실 동화(생활 동화)이다. 정확한 용어라고 하기 어려우나 현실의 어린이가 등장하고, 지금 여기(현실)의 질서를 따르기 때문에 독자의 공감이 빠른 편이다. 주변에 실제로 있는 일인 양 독자에게 신뢰감을 주고, 독자가 자기를 투영하기도 쉽다.

『고작해야 364일』(이마주 2022)은 일 년 차이도 나지 않는 형 때문에 스트레스를 받는 동생의 사정이 1인칭 주인공 시점으로 전개되는 작품이다.

뭐든 형이 먼저라는 어른들 때문에 주인공은 형이 밉고, 364일밖에 차이 나지 않으니 형이라고 부르기도 싫다. 동생이 등장한 곳이 형의 세계였고, 옷이며 장난감을 물려받는 처지가 되었으니 형에게 경쟁심을 느끼는 건 당연할 수 있다. 이 작품에 대한 공감은 주로 비슷한 상황의 동생들이 해 주었고 독후감에 생생한 자기 경험을 고백하기도 했다.

『일기 감추는 날』역시 비슷한 반응이 있었다. 어린이 일기는 숙제나 마찬가지고, 부모와 선생님 사이에 암묵적으로 공개된 검열 자료나 마찬가지다. 문장 지도 명목으로 빨간 밑줄, 첨삭 지도가 이루어지고, 선생님이 내 아이에게 관심이 있는지 부모가 확인하는 수단이 되기도 한다. 선생님이 일기장에 '동민아. 글씨를 반듯하게 쓰고 내용을 대충 적지 말아요. 내용을 자세히 쓰다 보면 자신을 돌아보게 된단다. 물론 글쓰기 실력도 늘지'라고 적은 것을 부모가 자기 자식에 대한 관심으로 받아들인다든지, 가정불화를 일기장에 적지 못하게 개입하는 식으로.

이 작품도 실제 사건을 모티프로 구성한 이야기인데 독자의 공감과 자기 투영이 어른 독자에게서 먼저 확인되었다. 나도 방학 때마다 밀린 일기를 꾸며 쓰느라 고생했다, 일기 검사를 통해 아이의 행동을 점검할 수 있다, 문장 지도까지 받을 수 있다, 같은 어른들의 긍정적인 반응과 달리 아이들은 부정적이다. 괜찮은 척하면서 가짜 일기를 쓰는 것이다.

문제가 있다는 것을 알면서도 교정하지 않았던 관습적인 일의 피해자는 늘 약자인 어린이다. 어린이 시각에서 이 문제를 거론하고자 현실의 어린이의 경험을 구체적인 상황으로 설정한 것이다. 나 역시 선생님이 적어 놓은 빨간 글씨에 관심이 컸던 엄마였고, 아이가 보여주기 위한 일기를 쓴다는 사실을 알고 나서야 이 문제를 작가로서 고민하게 됐으니 관행적인 문제란 자기 문제가 되기 전에는 심각성을 알기 어려운 게 사실이다. 이것 말고도 일상에서 놓친 문제는 얼마든지 더 있을 것이다.

동(식)물 동화

동물이나 식물을 화자로 설정하고 인격화하여 사람과 대등하게 이야기를 전개하는 동(식)물 동화(적절한 표현이 없어 편의상 붙인 명칭이니 이해를 바란다)에서는 현실과 비현실의 경계가 모호해지는 특성이 나타날 수 있다. 동물이나 식물에 인격을 부여한다고 해도 그 삶의 내용이나 내면을 알 수 없는 게 사실이니 주관적으로 유추하는 수밖에 없다. 이 과정에서 뜻밖의 상상력으로 능청을 부리거나 작업이 풍성해지는 것을 경험할 수 있고 세계가 확장되는 수확도 가능하다. 잡

다한 것을 물어 나르는 쥐(실제로 쥐들의 거처에는 별의별 게 다 있다)에 인격을 부여하면 쥐의 생태적 특성을 활용한 상상이 펼쳐질 수 있지 않겠나. 물론 어디까지나 창작자의 짐작에 의한 상상이다.

동물이나 식물에 감정을 부여하고 사람과 대등하게 이야기를 전개하다 보면 베아트릭스 포터처럼 세계를 보는 안목이 달라질 수 있을 것이다. 동물(식물)의 환경이나 존재 이유, 동물(식물)과 사람의 관계, 사람의 행태 고발 등이 이 방식으로 표현되곤 하는데 동물(식물)을 통해 사람을 객관적으로 볼 수 있는 유용한 방식이다.

『검은말 뷰티』(웅진주니어 2002)는 말의 시각으로 사람의 행태를 관찰한 작품이라 적절한 예가 될 수 있다. 작가 애나 슈얼은 불구의 몸이라 평생 말에 의지할 수밖에 없었다고 한다. 인생의 발이 되어 준 검은 말이 고마워서 이 작품을 썼다는데, 말의 삶이 사람의 삶처럼 진지하다. 1인칭 주인공 시점인 만큼 검은 말이 인격화되어 사람처럼 고통과 사랑을 느끼고 생각하고 판단하기 때문이다. 피터 래빗 시리즈도 예로 살펴보기에 좋은 작품들이다. 3인칭 인물들이 사람처럼 말하고 행동하는 것은 물론 동물들의 공간이 사람의 공간처럼 그려지고, 복장을 갖춘 동물들은 인격화되어 두 발로 움직인다.

동물이 복장을 갖춘 뒤 인격화되고 사람처럼 도구를 사용하며 도덕적 가치관 또한 작동하는 점은 매우 흥미롭다. 베아트릭스 포터의 작품은 좀 더 인격화된 경우로 볼 수 있는데 동물의 특성과 사람의 특성이 꽤 영리하게 활용된 것을 알 수 있다. 엄마 토끼가 '바구니와 우산을 들고 숲을 지나 빵 가게로' 갔다는 내용의 인격화 부분은 바구니, 우산, 빵 가게이고 토끼의 정보는 생태 공간인 숲이다. 엄마 토끼의 당부에도 불구하고 장난꾸러기 아들 피터는 농장으로 갔고 엄마가 걱정한 대로 맥그리거 씨에게 쫓기는 신세가 된다. 토끼에게 '거기 서지 못하겠니! 이 도둑놈아!' 하고 외친 맥그리거 씨의 태도에서도 동물을 인격화한 사실을 알 수 있다.

이 정도 상상 혹은 능청이야 평범하다고 할 수도 있다. 그러나 1893년의 상상력이라면 어떤가. 당시 출판사를 설득하지 못해 출간을 거절당했으나 출간되자마자 독자의 호응을 얻어냈고 이제는 고전으로 자리 잡았다. 토끼도 사람처럼 빵을 먹을 수 있을 것이다. 그러나 사람처럼 외출복을 갖춰 입고 '바구니와 우산을 들고 빵 가게'로 가는 장면은 인격을 부여해서 가능해진 묘사이다. 피터가 맥그리거 씨의 농장에서 쫓기는 신세가 된 장면은 동물의 특성과 인격의 특성이 동시에 움직이는 장면이다.

동물의 특성과 사람의 특성을 적절히 섞어 재미를 준 이야기가 또 있는데, 피터 래빗 시리즈 중 하나인 『제레미 피셔 이야기』에 나오는 개구리에 대한 묘사이다. 제레미는 연못가의 축축한 집에 살고, 발이 젖는 걸 좋아하고, 지렁이를 잡아서 잉어잡이 낚시를 하려고 한다. 연꽃잎 배를 타고 연못으로 들어가 낚시 도중에 준비해 간 나비 샌드위치를 먹는다. 개구리의 생태와 습성을 능청스레 엮어서 묘사하고 사람처럼 나비 샌드위치로 점심을 먹는 장면에서는 작가의 상상력뿐 아니라 작가의 세계 인식도 확인할 수 있다. 베아트릭스 포터는 자연의 동물(식물)을 존중하고 동물을 사람과 대등한 이웃으로 인식하고 있다.

쥐와 고양이의 활약상을 그린 애비 워티스의 『파피』 (보물창고 2019) 이야기도 살펴볼 만하다. 주인공 쥐는 거대 도심에서 살아남고자 도시인만큼이나 치열하게 투쟁한다. 생쥐답게 살고자 도시로 상경한 쥐 한 마리가 온갖 어려움을 겪으며 적을 물리치는 모험담에는 천적인 고양이나 부엉이를 피해야 하는 쥐의 특성이 매우 현실적으로 드러난다. 여기에 친구를 얻는 과정이 사람의 관계를 연상케 하니 독자들이 주인공 파피의 상황을 사람 처지와 동일시하며 따라갈 수 있다. 작가가 섣부르게 주인공의 감정에 이입하거나 편을 들어주는 인상이 없어 이 도시 어딘가에서 실제로 일어나는 일로 여겨질 만큼 현실적이면서도 도시의 쥐가 처한 상황을 상상해 보게 하는 효과가 있다.

『파피』와 달리 질 바클렘의 찔레꽃 울타리 시리즈(마루벌 1994, 개정판 2024)의 생쥐들은 자연을 배경으로 살아가는 사랑스럽고 귀여운 존재로 묘사된다. 쥐의 생태적 특성에 인격을 부여한 이야기가 매우 사랑스럽다. 쥐가 살 것만 같은 나무 속을 여성의 공간으로 과장하여 사소한 물건 하나하나까지 묘사해 독자의 시선을 사로잡기 때문이다.

동물(식물) 동화는 사람과 동물의 경계를 허물고 동물(식물)을 친근하게 설정하여 삶을 범지구적 관계로 확장하는 효과를 끌어낸다. 동물을 주인공으로 한 이야기 중 아름다운 작품이 많은 건 이런 표현 방식이 독자에게 미치는 긍정적인 면이 크기 때문일 것이다.

우화 동화

　　　　동물을 인격화하여 전개하는 또 다른 방식에 우화가 있다. 우화란 어떤 대상이나 문제를 우회적으로 표현하는 이야기다. 이 또한 현실과 비현실의 경계가 모호한데, 동물의 내면을 알 수 없으니 유추하는 과정에서 능청과 익살이 가미되곤 한다. 우화 동화에도 동물의 특성이 활용되지만, 동물 동화의 방식보다 자유로운 편이고 동물의 특성이 아예 무시되기도 한다.

　우화는 경고나 도덕적 교훈, 철학적 사유에 목적이 있는데 인간 사회를 풍자하는 경우에도 이 방식이 유용한 편이다. 풍자로써 교훈을 전하고 인간의 행태를 꼬집는 유형의 이야기는 인간사에 필요한 정신이었는지도 모른다. 기원전에 지어진 이솝 우화가 여전히 우리에게 의미가 있고 라퐁텐 우화를 '마지막에 온 자도 주워 갈 게 있을 만큼 풍부한 이야기'라고 인정하니 말이다. 2천여 년 전에 이솝, 17세기에 라퐁텐이 있었다면, 현대적 우화를 가장 잘 보여주는 작가로는 아놀드 로벨이 있다.

　모든 대상에게 적용되는 가치를 담고 있는 우화를 아동 문학의 범주에 가둘 수는 없으나, 아놀드 로벨의 작품에서 어린이 개념의 주요 정서인 '동심'을 발견하면 놀랄 수밖에 없다.

『집에 있는 부엉이』(비룡소 1998)에 수록된 「눈물 차」에서 집에 혼자 있던 부엉이는 눈물 차를 마시고자 주전자를 준비하고 슬퍼한다. 바로 이 장면에 이 이야기의 정수가 담겨 있다. 부엉이는 '다리 부러진 의자들' '부를 수 없는 노래들'을 슬퍼하거나 '읽을 수 없는 책들' '멈춘 시계들'에 대해 슬퍼한다. 부엉이가 슬퍼하는 내용들은 매우 은유적이다. 짧은 이야기에 인물이 하는 짓도 유치해서 웃음이 날 정도이나 독자의 사색을 끌어내기에 충분하다. 슬퍼해야 할 것들을 '차를 마시'며 '음미'하는 행위의 주체가 부엉이라는 점도 의미가 있다. 로마 신화에서 부엉이가 지혜와 지성을 상징하는 존재임을 생각하면 작가의 저작 의도가 좀 더 분명해진다.

판타지 동화

판타지 동화는 아동 문학 시장에서 사실 동화만큼이나 쉽게 접할 수 있는 장르이다. 동화를 '어린이에게 꿈과 희망을 주고, 상상의 세계로 이끄는 문학'이라고 하는데 이 표현에 대한 몫은 판타지 동화에 있을 것이다. 동화를 잘 모르는 사람 혹은 동화 창작의 욕망을 처음 느끼는 사람이 가장 먼저 떠올리는 게 판타지 동화일 것이다. 환상적인 이야기에 매료되어 그 세계를 연상하는 것만으로도 좋다는 학생들이 많다. 그런데 판타지 동화 창작이 그리 만만치 않다는 게 문제이다.

동화를 '어린이 소설'과 '동화'로 굳이 구분할 때 어린이 소설은 현실 생활의 사실적인 내용을 다루고, 동화는 판타지 요소를 다룬다는 특성으로 나누곤 한다. 판타지 동화에서는 비현실적인 세계와 현실 세계의 경계를 넘나드는 비현실적인 인물이 등장하고, 비현실적인 사건이 현실 사건처럼 다루어진다. 어린이의 상상력이 확장되고 비현실적인 존재나 상황을 통해 세계 인식이 넓어지는 데에 판타지 동화가 큰 몫을 담당하고 있다. 판타지 동화의 영향을 받으면 유사한 이야기를 상상하는 경향이 자연스레 생긴다. 그러나 창작을 시도해도 세계 구현이 어렵고 인정받기도 어려운 현실 앞에서 대부분 혼란을 겪는다. 그만큼 판타지 동화 작업에는 난관이 많다.

비현실적인 인물이 비현실적인 세계에서 벌이는 사건이란 특별한 설정을 하지 않으면 독자가 장면을 떠올리기도 이야기를 이해하기도 어렵다. 판타지 동화 작업은 비현실의 세계만 다루어서 완성할 수는 없으니 현실에서 꼭 필요한 조건을 선택하여 재구성하고, 현실과 비현실의 연계성을 설득력 있게 구축해야만 독자의 이해를 구할 수 있다.

예전에는 환상적인 이야기를 다룰 때 꿈으로 처리하는 경우가 많았다. 죽은 어머니를 그리워하다 꿈에서 어머니를 만났으나 깨어 보니 꿈이었다는 식이다. 현실에서 온갖 악행을 저지르던 아이가 꿈에서 똑같이 당했는데 깨어 보니 꿈이었다, 그래서 안도하며 크게 반성했다는 이야기를 위해 판타지 방식이 동원되기도 했다. 하지만 간절한 소망을 비현실의 세계에서 이루었는데 현실의 삶이 변하지 않으면 독자는 허망해진다.

어린이가 신비하고 낯선 세계에 호기심을 느끼고 그 세계를 실제로 체험할 수 있다고 믿는 성향은 어른보다 클 것이다. 이러한 성향은 아동의 발달 단계에서 근거를 찾아봐야 한다. 아동은 변화의 단계를 거치며 성장하는데 신체적 성장 속도가 빠른 만큼 정신의 변화도 빠르다고 할 수 있다. 창작자들이 아동 발달 전문가일 필요는 없으나 아동 발달 전문가의 진단은 참고해야 할 자료이다. 학자들은 아동의 발달 과정을 몇 가지 근거를 토대로 정리했다.

❶ 존재하는 대부분의 사물에 의지나 의식, 생명이 있다고 믿는다. —— 물활론적 사고의 단계.

❷ 움직이는 것, 어떤 작용을 하는 것, 다른 사물에 영향을 미치는 것은 살아 있다고 믿는다. —— 초보적인 원리를 깨닫는 단계.

❸ 움직이는 동력을 파악하고 판단한다. —— 과학적 사고가 가능한 단계.

이후에는 사춘기 정도의 단계로서 어른과 유사한 사고력으로 판단하고 동물과 식물만 살아 있는 것으로 간주하는 경향이 있다.

판타지 세계를 그려 내는 건 '지금 여기'가 아닌 어딘가를 상상하는 일이다. '설마'에서 시작해 '아마도 어쩌면'을 거쳐 '꼭 그랬으면'의 결말로 이어지는 이야기이고, 지금 우리의 가치관과 현실을 넘어 세계를 확장하는 일이다. 다른 세계를 상상하는 이 방식은 어쩌면 동화의 본령에 가장 어울리는 유형일 것이다.

습작 단계에서 초현실의 세계만을 다루고자 하는 경우가 있는데, 초현실의 세계 역시 현실 세계만큼 정교한 질서를 구축하지 않으면 독자가 믿고 따라갈 수 없다. 그 세계를 움직이는 자율적 질서가 분명해야 하고,

현실 세계와 연계가 돼 있어야 독자의 공감을 얻을 수 있다. 분명히 해야 할 것은, 비현실(초현실) 세계가 동원되는 목적은 현실 세계 문제를 강화하거나 극복하기 위해서라는 사실이다. 다른 세계의 활약이 대단하다고 해도 현실과 괴리되면 현실 도피에 불과할 뿐이다.

판타지 작품에서 현실과 비현실의 경계가 모호해지는 순간을 '망설임의 단계'라고 한다. 화자가 독자를 데리고 현실의 경계를 넘어가는 순간은 의심과 두려움, 설렘의 감정이 동시에 움직이기 때문에 이 지점에 대한 세심한 전략과 집요한 묘사에 빈틈이 없어야 한다. 망설임의 단계를 시각적으로 보여주는 자료로써 스에요시 아키코 글, 하야시 아키코 그림의 『숲속의 숨바꼭질』(한림출판사 2000)을 살펴볼 수 있다. 그림책이라 내용은 간결한 편이나 그림에서 연상되는 내용이 풍부하다.

주인공 소녀가 콘크리트 공간에서 황금빛 숲속으로 넘어가는 중간 단계를 망설임의 지점으로 설명할 만하다. 이 단계는 책에서 종이 한 장 차이다. 책장 하나를 넘기면 현실 세계에서 비현실 세계로 도약하는 마법이 벌어진다. 콘크리트와 황금빛의 울창한 숲은 물성도 이미지도 극명하게 나뉜다. 그럼에도 자연스럽게 내용이 연결된다. 두 세계의 경계가 무너지는 순간은 너무 짧고 작은 컷의 그림이라 주의 깊게 보지 않으면 극단적인 이 변화가 느닷없게 느껴질 수도 있다.

망설임의 근거인 작은 컷의 그림은 소녀가 막다른 길의 나무 울타리 밑을 기어 나가는 장면을 담고 있다. 작지만 클로즈업된 그림에 꽤 많은 정보가 있다는 것을 알아차려야 한다. 오빠가 울타리 밑으로 도망치는 걸 보았으니 주인공도 가야만 한다. 그래서 오빠처럼 납작 엎드려 빠져나가려는데, 나뭇가지에 치마가 걸려 버렸다. 클로즈업된 그림 하단에 문장이라고는 '나뭇가지에 치마가 걸려 버렸다'는 내용이 전부이다. 다른 묘사가 없지만 그림을 통해 독자는 치마가 걸리는 순간 소녀의 행동이 멈칫할 수밖에 없다는 것을 알고, 행동이 저지당한 순간이라 어서 빠져 나가기를 바란다. 주인공의 행동에 이입되는 순간 독자 역시 망설임의 단계를 경험하게 되고 황금 숲(비현실 세계)에 감탄하며 주인공의 행위를 신뢰할 수 있다.

『숲속의 숨바꼭질』처럼 현실 세계에서 비현실 세계로 넘어가는 구조로써 환상적인 이야기를 전개하는 작품이 있고, 처음부터 비현실적인 인물이 등장해서 현실과 비현실이 혼재된 방식으로 전개되는 이야기도 있다.

『샘마을 몽당깨비』는 대도시 한복판에서 한밤중에 300년 만에 깨어난 도깨비가 주인공인 이야기다. 300년 전과 너무 다른 세상에서 사랑했던 여인의 후손을 만난 도깨비가 할 수 있는 거라고는 자기 잘못의 업보를 깨닫는 일뿐이다. 조상의 잘못으로 병약하게 태어난 아이와 도깨비가 과거의 잘못을 교정하고자 노력하는 중심 이야기에 환경 훼손의 심각성을 담아낸 작품이다. 민속 자료 정보를 엮어 구성한 이 판타지 작품에는 망설임의 단계나 현실과 비현실의 경계 지점은 없다. 비현실적인 인물 설정이 처음부터 독자의 이해를 구한 셈이다.

비슷한 예로 다카노도 호코의 『진지한 씨와 유령 선생』(시공주니어 2003, 개정판 2018)을 살펴보는 것도 좋다. 이 작품에서 현실과 비현실의 경계가 허물어지는 지점은 밤 12시라는 시간이다. 정오에 비해 자정은 다른 속성의 이야기를 할 만한 조건이 분명하다. 밤 12시를 매력적인 설정으로 활용한 명작에는 필리파 피어스의 『한밤중 톰의 정원에서』(창비 1993, 시공주니어 1999)도 있다.

『진지한 씨와 유령 선생』의 주인공이 비현실적인 인물을 만나는 계기, 전과 다른 경험을 하게 되는 조건에 감기약이 있다. 감기약 때문에 일정 패턴이 변하는 일은 그리 특별한 일이 아니다. 약 성분이 일상에 지장을 줄 수 있다는 상식 정도가 이 작품에서는 매력적인 일상 비틀기의 조건으로 쓰였으니 작가의 섬세한 감각이 놀라울 뿐이다. 이야기꾼은 이렇듯 사소한 상식마저 매력적인 소품으로 변화시켜 버린다. 주인공은 감기약 때문에 밤을 낮으로 착각했고, 자야 할 시간에 깨는 바람에 같은 공간에서 밤의 주인인 유령을 만나게 된다. 밤 12시부터 해가 뜰 때까지가 유령의 시간이라는 인식은 동양 문화권에서 낯설지 않다.

이 작품에는 유령 말고도 이야기의 재미를 살려내는 소품이 여럿 등장한다. 우선 대를 거치는 인물들의 이름이 감각적이다. 환상적인 사건이 벌어질 수밖에 없는 공간 배경 묘사도 좋다. 이야기가 끝났을 때 독자에게 던지는 메시지도 묵직하다.

의인화 동화

의인화 동화는 사람이 아닌 사물, 동물, 식물, 일종의 개념 등에 인격을 부여하고 감정이 있는 인물로 설정하여 이야기를 전개하는 방식이다. 앞서 아동의 발달 단계에서 언급했듯이 이 작업에는 물활론적 사고가 활용되는 경우가 많다. 물활론적 사고는 유아기의 인지적 특성 중 하나인 사물을 생명이나 의지를 가진 존재로 간주하는 경향을 말한다. 동물은 물론 의자와 같은 사물, 움직이는 것들에 생명이 있다고 믿는 사고이며 주로 유아기적 특성으로서 아동의 자기중심적 사고에서 비롯된다.

의인화 방식의 쓰기 유형도 판타지 동화만큼이나 동화에서는 익숙하다. 상상력을 확장하기 좋고 독자의 공감을 이끌기에도 유용하다. 복잡한 어른의 세계를 단순하게 표현하거나 상징화할 때도 적합하다. 이야기를 유희적으로 풀어내는 특징과 함께 어려운 문제를 다소 쉽게 이해시킬 수 있다는 장점도 있다.

사실은 『마당을 나온 암탉』을 구상할 때만 해도 나는 동화의 유형에 대해 고민한 적이 없었다. 생산이 끝난 암탉이 주인공이라 자칫 어른 이야기라는 인상이 남을까 싶어 동물 화자를 적극적으로 활용했을 뿐이다. 판타지 방식인가, 의인화 방식인가를 구분하기 전에 사람 이야기에 동물의 가면을 씌워 전개하는 게 이 서사에 최선이라고 판단했고 그 덕분에 의인화 동화의 묘미와 특징을 알았던 셈이다.

이 작품에서 어린이라고 할 수 있는 인물은 초록머리뿐, 전체적으로 어른들 이야기이다. 어른의 삶을 사실 동화 방식으로 전개하자면 어린이의 이해를 위해 많은 설명이 필요할 수밖에 없었다. 죽음과 먹이사슬의 냉혹한 현실 때문에 동화의 모양을 갖추기도 어려웠다. 사람이 사는 이야기를 동물로 치환하여 어린이와 어른 독자까지 흡수한 셈이다. 친숙하고 단순해 보이는 동물 뒤에 삶의 무거운 내용들을 숨기는 재미도 있었다.

토어 세이들러의 『뉴욕 쥐 이야기』(논장 2003, 개정판 2014)도 유사한 예이다. 이 작품은 맨해튼의 센트럴 파크가 배경이라 사람 외의 시각으로 대도시를 경험하는 재미를 준다. 하층민 쥐 한 마리가 좁은 자기 세계를 벗어나 다른 세계와 충돌하는 과정에서 잠재적 능력을 깨닫고 예술적 존재로 성장하는 이야기라는 점에서 꽤 사색적이다. 이 경우도 사실 동화의 방식이었다면 지루한 설명이 불가피했을 텐데 쥐의 생태적 특성을 최대한 활용하여 결국 사람의 삶을 떠올릴 수밖에 없는 중의적 효과를 확보했다.

판타지 동화나 동물 동화, 의인화 동화를 엄밀하게 구분하기에는 애매한 지점이 있는 게 사실이다. 사람처럼 생각하고 행동하며, 때로는 실제 사람과 교류하는 경우마저 있으니 구분점이 명확하지 않은 것이다. 선택한 동물의 생각이 무엇인지 알 수 없고, 그들의 세계를 안다고 할 수도 없으나 그 진실이 무엇이든 상상력은, 이야기꾼은 물론 독자의 세계를 확장하는 효과를 낳는다. 동화 창작이 아니더라도 이런 상상 훈련은 타인에 대한 어린이 독자의 이해와 인식에 도움이 된다.

판타지 동화가 현실, 비현실적 공간이나 사건을 자연스레 담아내고, 동(식)물 동화가 사람과 구분되는 동(식)물을 주요 화자로 세워 사건을 전개하고, 의인화 동화가 동물을 활용하여 사람 이야기를 한다는 특징을 이해하고 창작을 시도한다면 이야기 세계의 확장이 배가될 수 있다.

상징 동화

그 밖의 표현 방식으로 상징 동화를 살펴볼 수 있다. 상징 동화라는 표현은 편의상 용어일 뿐, 추상적인 의미나 모호한 개념을 형상화한 작품을 일컫는 정도로 이해하면 될 것이다. 우리 시장에서 익숙한 편은 아니나 동화의 수용 범위를 넓히는 방식이라고 할 수 있다. 어떤 상황의 의미를 장황하게 설명하는 것보다 유연한 이해를 이끌어 내고자 할 때 사고 전환에는 꽤 유용한 방식이다.

적절한 예시로 데이비드 스몰의 『머리에 뿔이 났어

요』(한길사 2002)/『내 머리에 뿔 났어!』(우리학교 2021)와 프란치스카 비어만의 『책 먹는 여우』를 들 수 있다. 심순의 『세상에서 가장 특별한 1』(주니어RHK 2021) 또한 이 설명에 대한 명쾌한 예시가 될 수 있다.

『머리에 뿔이 났어요』는 이상하고도 강력한 사건으로 시작되는 이야기이다. 어느 날 아침, 여자아이의 머리에 뿔이 돋은 채 깨어난다면? 현실에서는 하룻밤 사이에 느닷없이 이런 돌연변이 상황이 일어나기 어렵다. 그런데 해괴망측한 일이 벌어졌다는 전제로 이야기가 전개된다. 어머니는 놀라서 기절하고, 의사가 달려오고, 교장 선생님이 집까지 찾아온다. 뿔을 감추기 위해 법석을 떠는 어른들 속에서도 아이는 이 상황을 즐겁게 받아들인다. 여자아이에게 어느 날 느닷없이 벌어질 일이란 무엇일까? 그런 일이 벌어지면 어떻게 해야 할까? 이 상황을 신체적 문제나 내면의 변화로 짐작할 수 있지 않을까.

『책 먹는 여우』는 책이 너무나 좋은 여우가 책에 후추와 소금을 톡톡 뿌려서 아예 먹어 치우는 이야기로 굳이 설명이 필요 없을 만큼 의미가 분명하다. 책은 각기 담고 있는 의미가 다르고 어떻게 이해할 것인가는 독자마다 달라서 독서란 마치 개인의 입맛이라고 할 수 있지 않을까? 이 작품 역시 독서 혹은 책을 이해한다는 추상적 개념을 구체적인 행위로 전개한 방식이다.

『세상에서 가장 특별한 1』은 숫자 1에 대한 문화적 이해나 문제를 흥미롭게 구성한 작품이다. 숫자를 존재로 인식하는 발상도, 1을 변주하는 유연한 이야기도 독특하고 명쾌하다. 사자성어나 기호처럼 복잡하고 어려운 의미들을 이야기로 풀어내기에도 이 표현 방식은 적절하다. 이들은 구체적인 이야기로 이루어져 이해하기 쉬우면서도 현실 그대로가 아닌 개념을 담보하고 있어서 더 매력적이다.

작가가 자신의 작품을 위한 적절한 표현 방식을 선택하려면 우선 자신이 하려는 이야기의 속성을 파악해야 한다. 이야기가 순수하게 작가의 산물이라도 독자를 만나지 못하면 세상에 나오기 어려우니 적극적으로 독자의 진입을 염두에 둔 전략을 세워야만 한다. 동화의 독자가 어린이를 포함한 '모두'임을 이미 밝혔다. 어린이어른 모두에게 의미 있는 작품이어야 하나 우선 어린이 독자의 진입을 염두에 두어야 한다. 어린이 독자가 이해하면 어른 독자의 이해는 걱정할 필요 없다. 다만, 어렵지 않으면서도 어른 독자의 내면 충족까지 가능해야하니 이야기의 깊이 또한 고민해야 할 것이다.

서사 모양을 어떻게 짜야 할까

—구성·이야기 구조

구성이란 작가가 현실의 문제를 의도적으로 재구성한 조감도이다. 본격적으로 서사를 진행하려면 이야기 몸통, 즉 구성을 빈틈없이 준비해야 한다. 어떻게 시작하고 어떻게 끝낼 것인가. 선택한 조건으로 세운 가상의 세계에서 유기적인 질서의 자율성을 가지고 전체성을 확보해야 한다.

동화는 동심 혹은 어린이를 둘러싼 크고 작은 사건들이 논리적 관계를 유지하며 전체 서사를 구축하는 것은 물론 주제가 선명해야 독자의 신뢰를 얻을 수 있다. 작가마다 이야기를 풀어내는 방법이 달라도 구성은 본질적으로 인과 관계에 의한 전개이고, 인물을 움직여 주제를 확보하는 과정일 수밖에 없다. 논리적인 전개라야 독자가 공감하고 사건들은 유기적으로 맞물려야 통일

된 인상을 줄 수 있다.

　동화 서사의 요소는 주제와 문체, 구성으로 이루어진
다. 주제에는 저작자의 가치관, 즉 창작 의도가 담겨 있
다. 문체는 작가의 화법이나 호흡이라고 할 수 있는데
언어를 활용하는 작가의 태도나 습관이 드러나기 때문
에 작가의 개성이 담기게 마련이다. 구성은 서사의 전
체 모양을 결정하는 뼈대라서 같은 소재라도 작가의 개
성에 따라서 다른 이야기로 발현될 수 있다.

　서사를 구성하는 핵심은 인물(캐릭터), 사건(스토리),
배경(시공간의 환경)이다. 인물은 서사 전개의 주체자이
자 시점을 가진 화자이다. 사건은 이야기 소재이자 세
계를 움직이고 유지하는 힘이다. 인물의 존재감을 부각
하고 사회적 이슈를 환기하는 장치이기도 하다. 배경은
인물들의 활약이 전개되고 갈등이 벌어지는 구체적인
환경이다. 그래서 시간과 장소가 중요하다.

동화의
구성 요소

　　　　　동화는 서사의 주요 조건을 기반으로 어
린이의 문제와 어린이의 인식에 초점을 둔다. 대개는
서사의 분량이 적은 편이나 이야기의 시작과 끝이 있는

전체라는 점에서는 소설과 다르지 않다. 소설에 익숙한 학생들의 경우 의도한 서사를 충분히 표현하기에 동화 분량이 너무 적어서 갑갑하다고 말하곤 한다. 그러나 제한된 지면 안에서 전체성을 확보하는 사람이 바로 동화 작가이다.

적은 매수에 의도한 바를 담기 어려워서 어떤 부분을 생략할 수밖에 없었다는 학생들에게 나는 구성을 점검하라고 조언한다. 분량 탓에 생략한 것들이 결국 서사의 빈틈이 될 수 있으니 제한된 분량 안에 전체를 담으려는 전략이 필요하다.

구성은 대개 발단, 전개, 위기, 절정, 결말 구조로 이루어지고 사건의 시작, 갈등 형성, 문제 해결 단계를 보여준다. 작가마다 작품마다 다를 테니 구성의 단계라는 것도 정답인 양 규정하기 어려우나 문제로 인해 사건이 꼬이고 인물의 역할에 갈등 혹은 변화가 중첩되는 상황은 필요하다.

발단

도입 단계. 사건의 시작. 주인공과 라이벌 등장.

몇몇 조연 소개. 배경 제시. 간혹 복선 배치.

전개

갈등 조짐. 복선 혹은 암시 배치. 이야기 분위기 드러남. 등장인물의 성격 구체화.

위기

갈등 심화 단계. 반전 요소 등장. 등장인물의 성격 변화.

절정

사건과 갈등의 충돌 지점. 일부 사건 해결 단계. 위기 반전.

결말

모든 문제 해결. 사건 마무리. 운명 결정. 주제 확보.

단일 사건을 다룬 단편이 아니면 이 양상은 얼마든지 달라진다. 중간 단계 양상을 좀 더 복잡하게 비틀어 인물의 갈등을 심화시키거나 갈등이 또 다른 갈등을 야기하는 방식으로 전개할 수도 있다.

(발단) 사건의 발단

↓

(전개) 사건의 전개 + 갈등 1 혹은 복선

↓

(위기) 사건의 위기 + 갈등 2 혹은 복선

↓

(절정) 절정 + 갈등 1 해소 혹은 복선 활용

↓

(결말) 결말 + 갈등 2 해소

이 내용은 이해를 위한 정리일 뿐, 구성이 산술적으로 해결될 문제는 아니다. 사건 전개의 단계를 섬세하게 따져서 준비하더라도 이야기는 모든 조건이 유기적으로 맞물려 전개돼야 독자의 신뢰를 얻을 수 있다. 중요한 것은, 사건을 풀어내기 위한 조건들을 단계별로 섬세하게 준비하여 납득할 수 있게 전개하는 전략이다. 단계별 조건들을 촘촘히 연결하지 못하면 독자를 설득할 수 없다.

어떻게 하면 나만의 이야기를 만들 수 있을까. 이 답은 누가 주는 게 아니다. 결국 선택한 사건에서 작가가 찾아야 할 몫이니 이야기 구성 요소들을 이해하고 나만의 감각으로 서사의 조감도를 짜서 나만의 화법으로 채우는 수밖에 없다.

구성의 유형

단일 구성

단순 구성. 단일한 사건을 적은 인물로 전개.

한 가지 이야기로만 전개. 단일 사건으로 강한 인상.

압축미와 긴장감을 주는 유형.

단편 동화는 대개 단일한 구성일 때가 많다. 원고지 8매 정도의 극단적인 요구도 있으나 대체로 200자 원고지 30~40매를 단편으로 보는데, 사실 매수보다 중요한 것은 사건을 다루는 방식이다.

복합 구성

단순한 사건에서 시작, 전개 과정에서 여러 사건이

얽히고설켜 복잡한 서사 라인 구축.

두 가지 이상의 사건이 복합적으로 얽혀서 전개.

복합 구성에는 장편 동화, 연작 동화, 옴니버스 혹은

피카레스크식 유형이 포함된다. 복합 구성의 서사는 다양한 인물로 운용되고 인물의 변화 양상도 단편보다 복잡한 편이다. 단편과 장편 외에 중편 동화도 있는데 내용 설정이나 확장 가능성으로 볼 때 장편의 속성이 있다고 할 수 있다.

> **옴니버스 구성**
>
> 인물과 사건이 다른 개별적인 여러 이야기 묶음.
>
> 동일 주제 혹은 유사한 주제 의식으로
>
> 전체 맥락의 통일감 유지.

옴니버스 유형의 작품으로 여러 작가의 단편을 엮은 『블루시아의 가위바위보』(창비 2004)를 살펴봐도 좋다. 우리 사회의 일원으로 살아가는 외국인 노동자를 다룬 이야기라는 공통점으로 전체성을 확보했다. 작가마다 다른 이야기를 한다는 점에서 독자는 독립적인 여러 작품을 만날 수 있고 사회 문제를 다양한 시각으로 볼 수 있다는 효과도 얻는다. 김중미의 「반 두비」는 초등학교에 다니는 방글라데시 아이를, 박관희의 「아주 특별한 하루」는 몽골 아이를, 박상률의 「혼자 먹는 밥」은 베트남에서 온 불법 체류자를, 안미란의 「마, 마미, 엄마」는 엄마가 베트남 사람인 아이를, 이상락의 「블루시아의 가위바위보」는 인도네시아에서 온 노동자 문제를 다루어 우리 사회가 해결해야 할 문제의식을 드러낸다.

원유순의 『잡을 테면 잡아 봐』(시공주니어 2013, 개정판 2020)는 자연에서 치열하게 살아가는 다양한 생명체의 이야기를 개별적으로 진행한 단편 모음집이다. 농부가 살포한 농약에 죽어가는 애벌레, 길거리에 버려진 고양이, 집에서 나가게 된 개, 길을 잃은 꿀벌, 천적의 위기에 맞닥뜨린 다람쥐, 야생의 멧돼지 이야기 등은 각각의 완성 작품이면서 자연에서 위기를 겪고 있는 생명체라는 공통점으로 연결된다.

이 밖에도 소재의 통일감, 옛이야기 패러디 방식의 통일감, 장애를 사회 문제화하는 통일감으로 전체를 완성한 예를 옴니버스 구성으로 볼 수 있다.

연작 동화

독립적인 작품들이 내적 연결성으로 묶인

유형으로 옴니버스 구성과 유사.

여러 작가가 공통의 테마로 참여하거나

한 작가의 일관된 주제 의식의 작품을 모은 경우.

『해오름 골짜기 친구들』(사계절 2009)은 독립적인 이야기를 봄—토끼, 여름—다람쥐, 가을—외딴집의 개와 노인, 겨울—고라니로 나누어 완성한 연작 동화이다. 숲속이라는 공간 배경과 사계절이라는 시간 배경, 만만치 않은 삶이라는 주제로 통일감을 확보한 경우이다. 이야기가 각기 달라도 계절의 연속성이나 공통 소품 혹은 인물로 통일감 있게 전개했다.

모이치 구미코의 『장미마을의 초승달 빵집』(한림출판사 2006)은 사랑스러운 판타지 연작 동화이다. 구루미라는 제빵사가 숲속에 빵집을 열고 꿀빵, 도토리빵, 초승달빵, 크리스마스빵, 팥빵, 잼빵을 만들어 배달도 하고, 주문받은 빵을 만들면 동물들이 와서 가져가는 일도 있다. 짐작했겠지만 이 작품의 통일감은 빵과 계절의 연속성이다. 동물이 말을 하고, 비현실적인 인물이 등장하는데도 그 세계가 현실적으로 느껴지는 게 이 작품의 매력이다. 숲속에서 이상한 일을 경험할 때마다 주인공 구루미는 이 상황을 마치 독자처럼 의심한다. 숲속에 빵집을 차린 이유가 역 근처에 가게를 낼 돈이 없어서라는 조건은 현실감을 준다. 공간이 숲속이라는 점도 작품의 환상적 사건을 신뢰하게 만드는 조건이다.

피카레스크식 구성은 동화에서 다소 낯선 편이다. 각각의 서사가 개별적인 구성으로 완성되고, 전체 이야기와도 연결되고, 연결되는 조건들이 어긋나지 않아야 하니 두통이 생길 만한 유형이기는 해도 '하나의 이야기에 하나의 구성'이 지루할 때 시도할 만하다. 개별 작품으로 완성되고, 개별 작품은 전체 서사의 한 부분일 수 있고, 부분적인 개별 작품이 모여서 전체 서사를 완성한다는 식인데 복잡하기는 해도 어떤 이야기의 주인공이 다른 이야기에서 조연이 되기도 하니 꽤 매력적인 구성이다.『과수원을 점령하라』(사계절 2003)가 이러한 방식의 작품이다.

전체 서사는 신도시에 남은 옛 공간 과수원을 중심으로 벌어지는 여섯 가지 이야기로 구성돼 있다. 여섯 가지 이야기는 개별적으로 진행되고 완결된다. 그러나 개별 이야기가 끝나도 다른 이야기와 연계되어 결국 모든 작품이 하나로 묶인다는 특징이 있다. 과수원의 오리,

쥐에게 잡힌 고양이, 과수원을 차지하려는 쥐, 신령한 나무에 사는 귀신, 철새인 찌르레기, 건망증이 심해진 과수원 할머니 이야기가 각각 독립적으로 진행되는데 이들은 결국 신도시에 유일하게 남은 터전에 삶을 기댄 존재들로서 서로 어울릴 수밖에 없다는 공통점을 가지고 있다. 어떤 이야기의 주인공은 다른 이야기에서 조연이 되고, 지나가는 인물처럼 등장한 인물이 다른 이야기에서 중심인물로 활약하기도 한다.

『건방진 장루이와 68일』(위즈덤하우스 2017)은 관계 이야기 시리즈인데 장편 동화로 구성되어 개별 출간된 경우이다. 시차를 두고 출간된 다섯 가지 이야기에는 중심인물 장루이가 있다. 그러나 장루이가 모든 작품의 주인공은 아니다. 주인공일 때도 있고 조연일 때도 있다. 이야기마다 주인공이 다르고, 동일 인물들이 거의 모든 이야기에 주연과 조연으로 등장한다. 어떤 이야기의 주인공은 다른 이야기에서 조연은커녕 문제를 일으키는 복선 역할을 하기도 한다.

구성은 서사의 전개 과정이고 서사는 결말에 도착해야 할 여정이다. 사건의 발달로 시작된 서사는 험난한 과정에서 갈등을 겪고 문제를 해결해 나간다. 과정을 통해 인물은 변화를 겪으며 성장해야 한다. 이때의 성장이 반드시 긍정적이라고 할 수는 없다. 서사의 시작은 고요가 깨지는 데서 필연적으로 출발하고, 갈등 속에서 끊임없이 문제 해결과 안정을 추구하지만, 안정에 도달한다고 해도 이 안정의 질은 처음의 안정과 결코 같을 수 없다.

무엇이 서사를 풍성하게 할까
—복선과 암시 혹은 소품

작가는 이야기 구성 단계부터 전개 양상을 꼼꼼히 계획하게 마련인데, 서사 전개 과정에서 예상치 못한 복병을 만날 때가 있다. 조연으로 등장시킨 인물의 매력을 뒤늦게 깨닫거나 간단히 활용하려던 소품이 예상보다 쓸모가 크거나 묘사 과정에서 어떤 표현에 그만 사로잡히거나 하는 일들이다. 이런 경우 조심할 것은 작업 과정에서 얻은 뜻밖의 매력에 너무 집중하여 이야기의 큰 흐름이 바뀌지 않도록 하는 일이다. 전개 양상이 달라져도 전체 구성을 감당할 수 있으면 상관없으나 복병으로 인해 서사가 다른 방향으로 흐른다면 낭패다. 계획과 다른 전개가 불안하면서도 쓰기를 멈추지 못하면 결국 중도에 포기하거나 어디에서 멈춰야 할지 몰라서 방향을 잃고 만다.

작업 방식은 작가마다 달라서 결말을 정하고 시작하는 타입이 있고, 이야기가 흘러가는 대로 따르는 타입이 있다. 당연히 후자는 결말을 미리 정하지 않는다. 어느 경우든 정답이랄 수 없으니 다양한 쓰기를 경험해보고 본인에게 맞는 전개 방식으로 귀한 소재를 지켜내야 한다.

『샘마을 몽당깨비』는 구성 단계부터 주인공 도깨비(도깨비 집단을 파멸에 이르게 한 몽당깨비)를 처벌할 수 있는 존재가 꼭 필요했다. 옛이야기 정보를 재구성한 작품이라서 서사를 유연하게 구축하기 위한 뻔하지 않은 소품이라야 했다. 문헌을 따르자면 도깨비는 자연에서 탄생하였고 신과 인간의 중간 정도의 존재였다. 도깨비를 처벌하기 위한 존재로 인간은 미약하고 신은 전체 서사에 어울리지 않게 너무 강력해서 신비로운 느낌을 주는 소품을 설정하고 싶었다.

도깨비의 신통력이 방망이에서 나온다고 흔히 생각하는데 자료 조사 중에 알게 된 정보(일본 도깨비 오니의 상징) 때문에 도깨비방망이를 그냥 쓰기도 어려웠다. 어떤 자료에서 '푸른 빛을 내는 돌'을 발견한 덕분에 서사의 막힌 지점을 해결한 것은 정말 다행이었다. 푸른 돌은 명령을 내릴 수 있는 대왕 도깨비의 징표이자 작품에 효과를 높여 주는 적절한 소품이었다.

푸른 돌과 같은 소품은 영화 속의 카메오처럼 작품의 재미를 더하지만 이로 인한 서사 전개의 변화는 없어야 한다. 작품에 필요한 소품, 갈등을 키우는 조건 혹은 해결 조건, 사건을 전복시킬 복선은 처음부터 철저히 계획해서 배치하고 활용하는 게 좋다. 소품 활용이나 상황 전복을 위한 복선(암시)은 쓰기의 희열을 가져다 준다. 작가는 독자가 눈치채지 못하는 어느 지점에 힌트를 숨기거나 복선을 장치하는 것만으로도 쓰기에 탄력을 받을 수 있다.

복선은 작가가 매력적인 이야기를 위해 교묘하게 감추는 설정이라서 독자가 금방 알아채지는 못한다. 물론 예민한 독자의 눈까지 피할 수는 없다. 그러나 대개의 독자는 자연스레 이야기를 따라갈 것이고 무심코 지나친 지점에 키워드가 있다는 사실을 후반에서 알게 되면 그 지점을 앞에서 다시 찾아볼 수밖에 없다. '이게 이렇게 중요한 거였어?' '무심코 지나쳤는데, 이렇게 크게 쓰인다고?' 하며 독자가 놀랄 정도로 소품을 배치할 수 있다면 그 작가는 탁월한 이야기꾼이 분명하다.

정황 묘사로
복선

　　　　　최근에 인상적으로 읽은 작품은 전수경의 『우주로 가는 계단』(창비 2019)이다. 작가의 첫 번째 출간작이라는데, 준비가 충분했던 작가라는 인상을 받았다. 평행 우주 이론을 다룬 작품으로 조밀한 설정과 예상을 깨는 진행이 무척 흥미로웠다. 복선을 아주 잘 배치한 부분이 있어서 예로 들고자 한다.

　주인공이 아파트 20층에서부터 내려오며 각 집의 특징을 묘사하는 장면으로 이야기가 시작된다. 1902호 앞에는 크리스마스 꽃이 있고, 1801호에는 한자가 붙어 있고, 1301호에는 하늘색 우유 주머니가, 1202호에는 협동조합 주머니가 걸려 있다는 식이다. 그러다 8층에서는 묘사가 많아지고 주인공이 독백을 한다. 담배 냄새를 맡으며 친구와의 어떤 장면을 회상하고, 7층과 6층 사이에서 계단참의 비상등이 깜빡이는 걸 보며 자기가 상상력이 많은 아이라는 정보를 슬쩍 흘려 둔다.

　여기에 뭔가 있다는 걸 직감하고 잔뜩 기대했는데 이 장면에 대한 정황이 더는 없어서 '앞서 나갔나?' '감정 낭비였나?' 싶었다. 이 정도 묘사는 전략이 아니면 굳이 할 필요가 없기 때문이다. 그런데 짐작이 틀리지 않았다. 이에 관련된 내용이 나온 것이다. 한참 뒤에서. 예상대로 담배 냄새와 비상등이 깜빡이는 현상은 작가의 큰 계획을 담보한 복선이었다. 복선의 배치는 첫 번째 소제목에, 이에 대한 본격적인 이야기가 소제목 열다섯 번째에 있으니 복선을 상당히 초반에 숨겨 둔 셈이다. 독자가 기억도 못할 만큼 교묘하게.

복선이란 앞으로 전개될 사건을 미리 짐작하게 하는 정보, 소품 배치 혹은 밑밥을 두는 묘사 지점이다. 사건이 우연이 아니라 필연이라는 인상을 주기 위한 준비이고, 호기심을 자극하는 구성 기법이다. 또한 작품의 재미를 극대화하려는 의도이자 독자를 긴장하게 만들고, 앞으로 벌어질 사건을 기대하도록 심리적으로 준비시키는 단계이다.

배경 묘사로 복선

앞에서 언급한 『진지한 씨와 유령 선생』의 경우에도 환상적인 일이 벌어질 것에 대한 암시가 도입부에 있는데, 시치미 떼듯이 아주 슬쩍 묘사한 문장이 전부이다. 주인공이 정오와 자정을 혼동하여 평범한 일상에 변화가 생기는 사건의 조짐이 단 한 줄의 문장으로 배치된 것이다. '진지한 씨의 집은 높다란 빌딩들과 마당의 무성한 나무들 틈에 끼어 있어 대낮에도 한밤중처럼 어두웠기 때문에 […] '라는 묘사를 통해서 비현실적인 사건이 가능한 공간이라는 암시를 배치했다. 예민하지 않으면 무심코 넘어갈 수밖에 없고, 감각이 남달라도 이 정도 문장은 배경 묘사 정도로 보일 수 있다. 그러나 내용 전개상 이 지점은 현실과 비현실의 경계가 흔들리는 전조라고 할 수 있다. 다음 문장에서 곧바로 주인공이 유령을 만났기 때문이다.

복선은 사건을 해결하는 주요 조건이기도 하고, 갈등을 증폭시키는 원인으로 쓰이기도 하는데, 저작자의 치밀한 계산 속에서 배치되어야 한다고 이미 밝혔다. 독자가 눈치채지 못하게 교묘한 장치를 숨기며 작가는 전율할 것이다. 아무 일도 아닌 척 능청을 부리며 독자를 속일 생각에 희열을 맛보았을지도 모른다. 반전의 장치를 숨기는 작가와 허를 찔리는 독자의 관계는 흥미로운 줄타기와 같다. 이야기꾼의 기질이 있는 작가는 이런 능청을 즐긴다. 작가의 머릿속에는 이야기가 조감도처럼 들어 있고, 작가가 전체를 운용할 감각이 있어야 이런 배치가 가능하다.

모든 작품에 복선이 있어야 하는 건 아니지만 구성

기법 중 한 가지이니 잘 활용하면 구성에 밀도가 생긴다. 독자에게 예상치 못한 반전의 재미를 줌으로써 매력적인 이야기라는 인상을 남길 수도 있다.

인물로
복선

『마당을 나온 암탉』에서는 인물이 복선 역할을 한다. 바로 족제비다. 족제비를 후반부에서 또 다른 어미로 등장시키기 위해 구성 단계부터 정체를 숨긴 셈이다. 문자로 전개하는 문학에서는 사냥꾼이나 족제비라는 용어 어디에도 성性이 드러나지 않아 정체를 숨기는 데 난관이 없었는데, 애니메이션 제작 과정에서는 콘텐츠의 특성이 달라서 생기는 문제가 있었다. 족제비의 목소리 연기를 맡은 배우 캐스팅 단계에서 복선 기능을 할 수 없게 된 것이다. 배우는 남성 아니면 여성이기 때문이다. 고민하던 감독은 중성적인 목소리를 낼 수 있는 여성 연극배우를 선택했다.

'족제비도 어미'라는 복선의 목적은 전체 사건을 전복하는 데에 있다. 라이벌 구도를 이어 오던 인물의 물성 변화나 마찬가지라서 족제비를 시종일관 적으로 간주하던 독자는 당황한다. 바로 작가가 바라던 복선의 효과였다. 피해자/가해자, 선인/악인, 주인공의 승리/라이벌 처단 등의 단순한 구도에서 벗어나야 이야기가 단조롭지 않을 거라는 계산에서 족제비의 악행의 근거를 합당하게 마련해야만 했다.

『진지한 씨와 유령 선생』의 소품에 대해 좀 더 살펴볼 필요가 있다. 이 작품의 주인공은 진지하고 견고한 사람이다. 정확한 시간에 출근하고 정해진 시간에 잠자리에 들고, 침대에 누워서 딱 30분 동안만 독서하고, 회사에서 하는 일은 경리과 업무이다. 주인공의 견고하고 빈틈없는 일상이 유령으로 인해 부드러워지고 유연해진다는 게 작품의 내용이다. 그러다 결국 주인공과 유령의 역할이 바뀌어 버린다. 주인공은 유령처럼 집에 있고 유령이 경리과에 출근하는 역할 바꿈이라는 마무리가 섬뜩하기는 했다. 이를 위해 마련된 소품이 『왕자와 거지』 『지킬 박사와 하이드 씨』인데 두 작품 모두 인물이 뒤바뀌는 내용이다. 『진지한 씨와 유령 선생』에서 두 명작이 사건에 개입될 만큼 적극적으로 활용되지는 않았으나 주인공과 유령의 관계를 설명하는 자료로는 흥미로운 배치이다. 만약 좀 더 긴 이야기로 전개가 된다면, 배치한 명작의 내용이 적극적으로 연계되어도 좋을 것이다. 해피 엔딩인 『왕자와 거지』보다는 『지킬 박사와 하이드 씨』쪽이 어떨까. 주인공이 유령에게 몸을 빼앗긴 채 이야기가 끝나는 게 아무래도 불안한 상상을 불러오니까.

카롤린 필립스의『차마 말할 수 없는 이야기』(시공사 2011)는 마음이 무거웠던 작품인데 한 번 읽고도 인상이 강렬해서 언급하고 싶다. 이 작품의 소품은 앞의 예들처럼 간단치도 않고 눈에 딱 보이지도 않는다. 청소년 문제를 진지하게 다룬 소설로 동화는 아니지만, 아동은 청소년 문제와 가까이 있고, 동화 작가들이 청소년 소설까지 창작하는 경우가 많으니 여기에서 다루어도 무리는 아니다.

이 작품의 주요 사건은 성폭력이다. 그것도 친부가 자식에게 가하는 지속적인 성폭력. 선정적인 장면이 드러나지 않아도 충격이 크다. 청소년 소설임에도 작가가 충격적인 상황을 노골적으로 묘사하지 않은 건, 내용을 그만큼 조심스럽게 다루고자 하는 태도로 보인다. 선정적인 묘사가 아니어도 소름이 돋을 만큼 사건 정황은 분명하다. '밤 11시. 자야 할 시간이다. 소리 없이 방문이 열린다. 흑기사가 들어오더니 등 뒤로 조용히 문을 닫고 열쇠 구멍에 꽂힌 열쇠를 돌려 문을 잠근다. […] 지금부터 벌어지는 일은 영원히 그 누구도 알아차리지 못하리라.' 직접 묘사가 아니어도 이 상황이 무엇인지 독자는 충분히 알아차릴 수 있다.

　본문에서 서사를 담당하는 활자체와 주인공 소년이 겪는 폭력 상황의 활자체가 다르게 표현된다. 이 작품의 주요 소품은 일본 애니메이션 만화인데, 폭력 상황이 마치 만화에 빠진 주인공의 상상처럼 보이기도 한다. 이 장면의 행위자는 늘 흑기사로 표현되고, 흑기사의 존재가 친아빠라는 사실은 명백하다. 엄마가 집을 비울 때마다 친부로부터 성폭행 당한다고 짐작되는 폭력 장면은 지속적이고 암적이다. 차마 고백하기 어려운 폭력을 만화의 스토리처럼 암시하며 버티는 서사를 통해 독자는 사태의 심각성뿐 아니라 작가의 의도를 선명하게 전달받는다.

　즐겁고 매력적인 이야기만을 위해 복선과 소품이 필요한 게 아니다. 복선과 암시는 사건을 효과적으로 드러내기 위한 전략적 기법이고, 작가가 쓰기의 희열을 유지할 수 있는 작법이다.

이야기
지도

　　　　　입체적인 이야기를 위해 복선(암시)과

효과적인 소품에 대해 몇 가지 예를 들어보았다. 이러한 조건들은 기본 이야기 뼈대에 붙은 살점 같은 것이다. 생선 가시가 기본적인 이야기 뼈대라면, 복선과 소품 등은 뼈대에 붙은 맛있는 살이라고 비유해도 좋을 것이다. 아직은 본격적인 창작에 한 문장도 시작하지 않은 상태이다. 전개된 서사의 조건들은 하나하나 따져 왔을 뿐이다. 이제 본격적인 시작을 위해 서사의 뼈대를 눈으로 확인해 볼 시점이다. 작가마다 작법이 다르고 나름의 기준이 있으므로 이 정리는 매우 개인적인 방법이라는 점을 미리 밝힌다.

모든 사건을 육하원칙으로 설명할 수 있도록 펼쳐 보자. 기자가 사건을 다룰 때 쓰는 방식과 유사한데 조감도를 눈에 보이도록 펼친다고 이해하면 된다. 작가마다 선호하는 방식이 있고 각자에게 맞는 쓰기 법이 있으니 기자가 사건을 다루는 듯한 이 구분이 생경할 수도 있겠다. 창작 방식 중 하나라고 이해하면 좋겠다. 이야기로 만들고자 하는 문제를 이 구분법으로 정리해 보면 명쾌하게 서사 라인이 보일 것이다.

누가(Who)	인물(주연, 조연 등등)
언제(When)	시간 배경

어디서(Where)	공간 배경
무엇을(What)	사건, 소재, 글감
어떻게(How)	구성(기승전결 : 발단, 전개, 위기, 절정, 결말)
왜(Why)	주제(사건의 원인. 저작자의 문제의식)

『마당을 나온 암탉』으로 예를 들어보겠다.

누가(Who)	암탉. 족제비. 개. 청둥오리. 집오리
언제(When)	봄 → 여름 → 가을→ 겨울 → 다시 봄
어디서(Where)	닭장에서 → 마당에서 → 들판에서 → 허공에서
무엇을(What)	하필이면 마당이 조금 보이는 바람에 소망을 품었다.
어떻게(How)	알을 낳지 않기로 작정 → 양계장 밖으로 → 죽음의 위기에서…
왜(Why)	마당의 암탉처럼 알을 품고 싶어서.

독자마다 이 작품에 대한 감상이 조금씩 다르겠지만 작가에게는 앙상하고 무의미해 보이는 몇 가지가 작업의 기본 뼈대이다. 그러나 여러 인물의 등장, 갈등, 복선의 역할, 문장 묘사, 일러스트 등으로 뼈대에 흥미로운 살을 다 붙일 수 있다. 처음부터 작업 노트를 마련하라는 이유가 이것 때문이다. 무엇을 말하고 싶은지 눈으로도 확인하고 수정, 보완하려면 기본 자료가 지도처럼 선명한 게 좋다.

어떻게 시작해야 매력적일까
─감각적인 시작과 첫 문장

첫 문장에 대한 언급에 앞서 이야기가 펼쳐지는 배경을 살펴보기로 한다. 배경은 사건이 벌어지는 시간과 공간을 의미한다. 우리가 살아가는 현실이 필연적이듯 작가가 구현한 세계도 구체적이고 현실적이어야 한다. 조밀하게 준비된 배경은 이야기의 리얼리티를 분명히 하고, 작품 분위기를 만들어 주고, 인물의 심리 상태나 시대를 보여주는 중요한 세팅이다. 시간적 배경은 사건이 발생, 전개되는 구체적인 시대나 시간을 나타내고 공간적 배경은 인물이 활약하는 무대이자 한 인물의 성향을 보여주는 조건이 되기도 한다. 그 외에도 사회적 배경이나 종교적 배경, 심리적 배경도 인물을 입체적으로 보여주는 주요 조건이 될 수 있다.

조밀한 준비를 위해 취재가 필요할지도 모른다. 직접

경험하거나 취재를 통해 확보한 현장감은 묘사에 도움을 주고 독자의 영감에도 영향을 미친다. 취재로 모든 답을 얻을 수 있는 건 아니나, 취재는 작가의 자료 파일을 풍성하게 할 것이다. 직접 경험이 어렵다면 자료를 찾거나 인물을 취재할 수 있다. 구술을 위해 사람을 만날 수도 있고 사진을 찍기 위해 현장을 찾아갈 수도 있다. 이때 주의할 것은 취재한 내용에 지나치게 의존하는 일이다. 취재는 작업을 위한 도움 정도면 충분하다. 르포가 아닌 이상 창작에서는 작가의 자유로운 상상이 가장 중요하다.

효과적인 시작의
필요성

작품의 첫 문장은 대여정의 관문이자 매우 의도적인 서사 도입부이다. 그만큼 첫 문장의 시작은 두렵고 설레는 작업 포인트이다. 많은 작가가 첫 문장을 선뜻 시작하지 못해 망설인다고 말한다. 인상적이고 매력적인 출발을 하고 싶어서일 것이다. 세계의 문을 여는 효과적인 시작은 작가가 머뭇거리지 않고 이야기에 진입하기 위해서도, 진취적인 진행을 위해서도, 무심코 책을 집어 든 독자를 사로잡기 위해서도 매우 중요하다.

지금까지 창작을 위해 준비해야 할 것들을 정리해 왔는데 이는 편의상의 나열일 뿐이다. 창작의 과정은 분명히 있으나 무엇을 먼저 준비해야 하는지는 전적으로 창작자의 몫이다. 첫 문장을 쓰기 전에 고민해야 할 내용이고, 무엇을 먼저 준비할 것인가 역시 작가마다 다를 수 있다. 작가마다 중시하는 포인트가 다르고 작법이 다른 것 또한 당연하다. 어떤 작가는 서사의 결말을 염두에 두고 첫 문장을 시작하기도 한다. 뭐가 됐든, 시작이 매력적이어야 작가도 독자도 긴 여정을 떠날 수 있다. 출발이 좋아야 작가는 탄력을 얻고, 독자는 다음 페이지로 넘어갈 수 있다.

지루한 설명보다 사건부터 시작하면 독자의 시선을 사로잡기 좋다. 간결한 문장으로 선명한 이미지를 보여 주는 방법도 있고 대화체로 시작하는 것도 효과적이다. 너무 많은 정보보다 호기심을 자극하는 산뜻한 정황이 효과적이라는 뜻이다.

창작 경험이 부족할수록 도입부를 장황하게 설명한다. 설명이 곧 전개될 사건에 필연적 정보가 아니라면 밋밋한 인상만 남기니 피해야 한다. 독자는 지루함을 느끼면 이내 책장을 덮어 버린다. 나의 첫 작품 『내 푸른 자전거』(두산동아 1999, 개정판 웅진주니어 2009)에는 분위기 묘사가 많은 편이다. '햇살이 잘 드는 화단에 진달래 망울이 터질 듯 부풀어 있었다. 봄이다. 그러나 날씨는 겨울 못지않게 차가워서 나는 발이 시렸다. 창가의 탁자에 무뚝뚝한 표정으로 앉아 계신 선생님과 꼼짝 않는 친구들 때문에 발가락이 더 얼어붙는 기분이었다'. 이 작품을 쓸 당시만 해도 작가로서의 전략이나 인상적인 시작에 대한 계산 따위는 없었다. 다행히 출간되었고, 내가 아끼는 작품이지만 지금이라면 첫 문장에 좀 더 신경을 썼을 것 같다.

망울이 부푼 진달래. 봄. 발이 시리다. 무뚝뚝한 선생님. 꼼짝 않는 친구들.

문장에서 중요한 낱말들을 골라 보았다. 선생님의 위압적인 분위기가 살짝 드러났으나 문장 어디에도 사건의 핵심은 보이지 않는다. 다음 문장에서부터 본격 이야기로 전개되나 앞부분에 불필요한 설명이 많은 게 사실이다. '시냇가에 나이 많은 미루나무가 있었습니다. 까치 둥지를 두 개나 안고 있고 밑둥치가 한 아름이나 되는 크고 오래된 나무입니다'로 시작되는 단편은 더 밋밋하다. 연습 작품으로만 남은 나의 단편 중 하나이다. 역시나 적극적인 의도가 없다.

'오고 가는 차 두 대가 겨우 비껴가는 도로에 흙먼지를 날리며 트럭이 달려갑니다. 옛날에는 시내로 통하는 큰길이었습니다. 지금도 버스가 다니는 유일한 도로지만 머지않아 이곳으로 버스가 다니지 않을 것입니다. 신도시 개발과 맞추어 아래쪽 논 가운데로 한창 큰 도로가 공사 중입니다'라는 도입은 더 느슨하다. 짧지 않은 문장이 넷. 여기에도 어떤 사건의 조짐조차 없는 설명뿐이다. 제한적인 분량이라 모든 문장이 전략적으로 쓰여야 하는 단편이건만 밋밋하고 지루한 시작이다. 이는 틀리고 맞고의 문제가 아니라 재미와 가독성의 문제이다.

강렬한 사건으로 시작

간결한 문장으로 선명한 이미지를 각인시키는 첫 문장을 찾아보았다. 군더더기가 전혀 없는 이런 시작은 첫 장면에서부터 독자가 호기심을 가질 수밖에 없다. '나는 링크다. 물론 진짜 이름은 아니다. 하지만 어쩌다 한 번씩 누가 물어보면 그렇게 말한다. 어차피 난 보이지 않는 사람이니까'라는 문장이 긴장감을 유발한다. 로버트 스윈델스의 『사라지는 아이들』(잭

과콩나무 2008)의 도입부인데 냉정할 만큼 간결하다. 짤막한 첫 장면의 문장 넷 중에 '뭐지?' 할 수밖에 없는 내용이 셋이나 보인다. 링크. 가짜 이름. 나는 보이지 않는 사람.

번역본이라 링크라는 가짜 이름이 link인지 rink인지 모르겠으나 어느 낱말이라고 해도 얼어붙은 거리에서 날마다 좌절하는 주인공의 상황과 이름은 잘 맞아떨어진다. 주인공은 왜 가짜 이름을 갖게 되었을까? 왜 '나'는 보이지 않는 사람일까? 독자는 궁금해서 당연히 뒷장을 살펴보고 싶어질 것이다.

'로즈 누나는 벽난로 위 선반에 살고 있다. 아니, 누나의 일부만 그곳에 산다. 손가락 세 개. 오른쪽 팔꿈치하고 무릎뼈는 런던에 있는 묘지에 묻혀 있으니까'라는 시작은 어떤 느낌을 줄까? 애너벨 피처의 『누나는 벽난로에 산다』(내인생의책 2013)의 도입부이다. 역시 첫 장면의 문장 넷을 살펴보았다. 누구라도 첫 문장부터 호기심이 생길 수밖에 없다. 누나가 왜 벽난로 위 선반에 살지? 선반에 사는 게 누나가 아니라 누나의 일부라고? 그것도 손가락 세 개? 오른쪽 팔꿈치와 무릎뼈는 묘지에 있다? 그럼 죽었다는 소리? 그것도 시체가 나뉘어서? 문장 몇 개 읽었을 뿐인데, 많은 추측을 할 수밖에 없는 시작에 소름이 돋는다. 일반적인 시작의 예와는 감각이 다르다. 지면 낭비도 하지 않았고, 작가의 계산된 의도가 담겼다는 것을 짐작할 만한 시작이다.

산뜻한 정황 묘사로
시작

조르디 시에라 이 파브라의 『구멍에 빠진 아이』(다림 2009)는 부담스러운 정보가 아닌 이상한 정황 묘사로 산뜻하게 첫 장면을 시작한다. '정말 이상했다. 그 길에는 아주 작은 구멍조차 없다고 맹세할 수 있다. 하지만, 그럼에도 불구하고, 그 아이는 구멍에 빠지고 말았다'는 시작은 과감하고 거침없고 흥미롭다. '정말 이상했다'라는 첫 문장부터 심상치가 않다. 멀쩡한 길에서 구멍에 빠진 아이. 사람들은 대로변에서 구멍에 빠진 아이를 보고 그냥 지나친다. 처음에는 판타지 동화인가 싶었는데 타인에 무관심한 정황 묘사였다. 아이가 도와 달라고 하소연해도 하나같이 외면하는 정말 이상하고 낯선 상황이다. 독자는 왜 이런 상황이 벌어졌는지 궁금할 수밖에 없고 작가가 어떤 의도를 보여줄 것인지 끝까지 가 보고 싶어진다.

『마당을 나온 암탉』을 시작할 때 첫 문장 때문에 여

러 날 전전긍긍했다. '낳은 알이 굴러 내려 철망 끝에
걸렸다. 잎싹은 핏자국이 약간 있고 윤기 없는 알을 슬
픈 얼굴로 바라보았다. 잎싹은 이틀 동안 알을 낳지 못
했다. 그래서 결국 알을 못 낳는 암탉이 된 줄 알았다.
하지만 오늘 또 낳고 말았다. 그것도 작고 볼품없는 알
을'로 시작하고 군더더기가 없는지 살피고 또 살폈던
것을 기억한다.

우울한 정황으로 시작하는 『마당을 나온 암탉』의 첫
장면에서 핏자국이라는 표현이 신경 쓰이기는 했다. 부
정적인 이 용어가 동화에 쓰여도 되나 싶었는데 역시
나 부담스러운 인상을 줬던 모양이다. 인터뷰 때 기자
가 '동화인데 냉엄한 시각이 드러난다' '동화로 좀 세다
는 생각을 해 보지 않았나'라고 했으니. 자기가 낳은 알
을 슬픈 얼굴로 바라볼 수밖에 없는 상황, '오늘 또 낳
고 말았다'는 표현으로 주인공이 알 낳기를 원치 않는
시작을 하고 싶었다.

대화체로
시작

대화체로 시작하는 것은 집중도를 높이
기에 좋은 전략이다. 군더더기 없는 시작이고 독자를

곧바로 사건 속으로 끌고 들어가기에 효과적이다. "어, 내가 죽었네" "심장이 멎었어"로 시작되는 이야기에서는 눈을 돌리기 어렵다. 심장이 멎어서 죽었다는 내용이다. 그런데 그걸 말하는 주체가 '나'이다. 이후 전개를 어떻게 하려는지 당연히 궁금하지 않겠나. 빌리 슈에즈만의 『잘 가라, 내 동생』(크레용하우스 2002, 개정판 2018)은 죽은 아이가 화자로 전개되는 작품이다. 죽음으로 인한 이별이란 살아남은 자의 문제이고, 죽은 자의 이후라는 건 상상하기 어려운데 이런 생각을 제대로 뒤집은 발상이 아닐 수 없다.

'6학년 3반 사이토 가즈오. 내 교과서 뒤에는 이렇게 쓰여 있다. 그리고 이렇게 쓴 건 바로 나다. 자기 교과서에 남의 이름을 쓸 리 없으니 내가 바로 '사이토 가즈오'다. 좀 복잡하게 말했지만 중요한 것이니 잘 기억해 두기 바란다. 나중에 사건이 터져 혼란스러워져도 내 탓은 아니니까'로 삐딱하게 시작되는 야마나카 히사시의 『내가 그 녀석이고 그 녀석이 나이고』(사계절 2006) 역시 흥미롭다. 건방진 화법이 불쾌하게 느껴질 수 있는 첫 장면이다. 뭔데 이렇게 삐딱하지? 싶다가도 다음 장면을 기대하게 만드는 작품이다.

내용을 알고 나면 그럴 만도 하겠다는 생각이 든다.

이름을 강조하는 이유가 분명하기 때문이다. 주인공은 소년인데, 전학 온 여학생 사이토 가즈미와 몸이 바뀌어 버리는 바람에 자기 집에서 자기답게 살 수가 없다. 성性이 바뀌어 주변 사람들이 알아보지 못하니 성질이 나서 경고하듯 내뱉는 것인데 첫 장면이 전체 서사의 분위기를 담은 것처럼도 보인다.

효과적인 시작을 보여주는 여러 작품을 예로써 살펴 보았다. 독자와 교감하고 함께 가야 할 서사 여정이니 처음부터 그럴 만한 믿음을 줘야 한다는 사실을 강조하기 위함이다. 기억해야 할 것은, 충격 요법이 중요한 게 아니라 꼭 필요한 매력적인 장면을 전략적으로 드러내는 게 관건이라는 점이다. 이미 밝혔듯이 이야기 조건 중에 무엇을 중시하든 무엇을 먼저 시작하든 어떤 시작을 하든 각자의 몫이다. 그러나 간결하고 인상적인 시작은 놓칠 수 없는 포인트다.

어떻게 마무리할까
─ 매력적인 엔딩

결말은 서사 여정의 끝이다. 줄곧 '동화니까'라는 편견에 갇히지 않기를 강조했다. 작품의 결말을 언급하면서 다시 강조할 수밖에 없는 건, 동화의 엔딩에 대해서도 동화 소재의 금기만큼이나 편견이 있기 때문이다. 싸운 아이들은 화해해야 한다, 갈등하는 부부라도 이혼은 안 된다, 잘못한 아이는 반성하고 착한 아이가 돼야 한다, 해피 엔딩이라야 아이들에게 희망을 준다는 등 유독 동화에서 요구되는 분위기가 여전히 남아 있는 것이다.

요즘 작가들은 금기에서 꽤 자유로워졌으나 아직도 독자들에게는 동화에 대한 편견이 있는 편이라 슬픈 결말보다 해피 엔딩이 동화답지 않으냐는 반응이 있다. 그래서 『마당을 나온 암탉』이 주인공이 죽는 결말에 대해 '동화인데 왜 그렇게 끝냈느냐'는 질문을 여전히 받는다. 주인공이 죽었으니 비극적 결말로 단정하는 것이고 어린이 독자에게 부정적이라는 인식이 작동하는 것이다. 정말 그런가? 주인공이 죽으면 비극적이고 부정적인 영향을 미칠까?

이 작품은 동물의 생태를 기반으로 상상한 이야기이다. 먹이사슬과 살아 있는 모든 것은 언젠가 다 죽는다는 원칙에 따라 구성한 이야기라 이런 반응은 나를 동화 입문 시절로 돌아가게 만든다. 인식이 그다지 달라지지 않은 것이다. 의문이다. 언제까지 설명해야 주인공이 원하는 것을 최대한 경험한 존재라는 사실을 이해할까. 그러나 달리 생각해 보면 충격적인 결말이 인상적이었다는 것 아닌가 싶기도 하다. 작품의 결말은 서사의 시작만큼이나 신중해야 한다. 작가에게는 이야기의 끝이지만 독자에게는 시작일 수 있기 때문이다.

서사의 결말은 크게 닫힌 결말과 열린 결말로 나눌 수 있다. 열린 결말은 독자에게 상상의 여지를 주는 방식이고, 닫힌 결말은 작가의 의도대로 마무리 짓는 방식이다. 작가의 의도대로 결말이 지어지면 독자는 고민할 필요가 없다고 느낄 것이다. 작가의 결론이 마음에 들든 아니든 본인과 상관없이 책의 일인 것이다. 결론이 깔끔해 보일 수도 있고, 독자의 생각이 차단되었다고 생각할 수도 있다.

열린 결말은 이야기가 끝나도 독자의 몫이 남는다. 고민할 여지, 토론의 여지, 심지어 결말 이후의 이야기를 상상하는 일도 가능하다. 그러나 열린 결말이 이야기가 끝나지 않은 것처럼 찜찜하다고 느끼는 독자도 있을 것이다. 어떤 결말이 옳거나 답이라고 하기는 어렵다. 이야기 전개 과정이 충분하면 결말이 소위 닫혔든 열렸든 큰 문제는 아니며 독자가 어떤 반응을 보이든 작가는 지켜볼 일이다. 창작 결과물에 작가의 몫이 있고, 독자의 몫이 있으니 두 입장을 인정하는 자세가 필요하다.

구성 단계에서부터 고민할 것은, 결말을 결정하고 진행할 것이냐, 어디로 갈지 모르지만 일단 쓰고 볼 것이냐이다. 여기에도 정답은 없다. 그러나 창작 경험이 많지 않으면 이야기 도달 지점을 정해 놓고 시작하기를 권한다. 그래야 이야기가 중간에 엉뚱한 방향으로 빠지지 않고 목적한 지점에 도착하기 때문이다. 또한 시작한 글을 완성하는 습관을 들이는 게 좋다. 시작만 하고 끝내지 못하는 습관이 생기면 작품을 완성하는 일이 점점 어려워진다.

이야기의 결말은 모든 문제의 해결이자 평온에 이른 순간이다. 일상에 불협화음이 생기는 바람에 이야기가 시작되었고, 갈등을 겪으며 우여곡절 끝에 비로소 얻은 평온이 바로 결말이다. 이때의 평온은 시작하기 전 그 평온과 같지 않다. 인물들이 여정을 거치며 변하고 성장했듯 이야기를 따라오는 독자 역시 변화를 겪었다. 독자는 주인공과 더불어 내적 성장을 하는 존재이다.

닫힌 결말

모든 경우가 그렇다고 단정할 수 없으나 잘못한 인물이 어른의 훈계로 반성하는 결말, 작가의 의도가 너무 강하게 설명조로 드러나는 결말, 모두가 행복해지는 결말, 갈등이 해소되어 인물의 사이가 좋아지는 결말, 어른의 가르침으로 깨달음을 얻는 결말, 온갖 잘못을 저지르던 아이가 악몽을 꾸고 착해지는 결말 등등을 예로 들 수 있다.

입양 문제를 다룬 프랑스 작품이 있다. 주인공은 베트남의 보트피플 중 하나였고, 프랑스에서 양부모를 만나 잘 자랐다. 문제는 반 친구가 주인공의 엄마를 보면서 시작됐다. 부모 자식인데 외모가 눈에 띄게 달랐으니까. 주인공은 정체성에 혼란을 겪고 잠을 설칠 만큼 생각이 많아진다. 오래 고민한 주인공이 결국 입을 열었다. 주인공의 결론은 '저는요, 엄마 아빠가 진짜 우리 부모님들인 것처럼 사랑해요'였다. 이게 누구의 결론일까. '제대로 설명만 잘해 드리면 부모님들도 결국은 뭐든지 다 이해하신다!'라는 설명까지 붙은 이 결말에 자기 정체성에 의문이 들었던 주인공이 있는가. 주인공은 양부모가 자신을 이해하지 못할까 봐 걱정한 게 아니라 자기 외모가 부모와 달라서 혼란을 겪는 문제에 핵심이 있었다. 이 서사 결말은 작가의 결론이었던 셈이다. 현실을 생각해 보면 입양된 어린아이가 이 상황에서 뭘 할 수 있을까 싶기는 하다. 그러나 이 작품의 결말은 포인트에서 어긋나 있다. 주인공의 진짜 고민을 포장으로 가려 버린 결말이라 답답하다.

악동 주인공이 온갖 못된 짓을 한다. 자기 명령에 따르지 않는 아이는 때리고, 남의 집 꽃을 함부로 꺾어 버리고, 개구리의 눈을 꼬챙이로 찌르고, 지나가던 소녀들이 눈살을 찌푸리니까 거침없이 새총을 쏘기까지 하는 악동. 악동 주인공이 악몽을 꾼다. 꿈속에서 자기가 했던 나쁜 짓을 고스란히 돌려받게 되어 고통을 겪는다. 너도 똑같이 당해 봐라, 하는 식이다. 주인공은 다시는 나쁜 짓 하지 않겠다며 깨어났고 꿈이라서 안심한다. 이런 결론은 이야기가 끝나도 불편하다. 꿈 때문에 현실 태도가 교정된다는 걸 누가 믿을까. 악동이 못된 짓을 반복하는 원인을 찾아 그 문제를 교정해야 변화를 기대할 수 있다는 이의가 생길 수밖에 없다.

열린 결말

추워서 코가 새빨간 아가가 아장아장 전차 정류장으로 걸어 나와 엄마를 기다리는 이야기가 있다. 이내 전차가 왔고 아가는 갸웃하고 차장더러 물었다. '우리 엄마 안 오?' 차장이 '너희 엄마를 내가 아니?' 하고는 그냥 가고, 다른 전차가 오자 아가는 다시 차장에게 묻는다. '우리 엄마 안 오?' 이 차장도 그냥 가고, 아기는 다음 전차가 오자 또 엄마에 대해 물었다. 그런데 이번 차장은 '오! 엄마를 기다리는 아가구나' 하더니 다치지 않게 한곳에 가만히 서 있으라고 한다. 바람이 불어도 다음 전차가 와도 아가는 더 묻지 않고 코만 새빨개져서 가만히 서 있는 것으로 이 짧은 이야기가 끝난다. 이태준이 일제 강점기에 발표한 「엄마 마중」이다.

전체 내용이 너무 짧아서 눈으로만 훑어도 내용이 파악될 정도다. 결말도 담담한 묘사가 전부일 뿐 어떤 강요도 작가의 감정 개입도 없다. 그래서 여운이 오래 남

는 결말이다. 아가가 기다리는 엄마는 언제 올까? 왜 안
올까? 오기는 할까? 엄마는 어떤 의미일까? 여러 생각
이 들고, 아가가 추울 테니 엄마가 얼른 오면 좋겠다 싶
어서 정류장의 아가 이미지가 가시질 않는다.

『장미마을의 초승달 빵집』 이야기도 좋은 예이다. 돈
이 부족해서 숲속에 빵집을 차린 구루미에게 손님이 찾
아온다. 첫 손님이 곰이다. 곰이 무섭지만 구루미는 곰
의 주문대로 민들레꿀을 넣어서 빵을 만들어 주고 값으
로 레코드를 받았다. 돈을 받고 싶었으나 곰에게 돈이
없으니 별수 없었다. 이 작품에 담긴 여섯 가지 이야기
는 이런 식이다. 도토리빵은 둔갑한 여우들과 연결, 초
승달빵은 숲속 호텔에서 손님들 마음을 빨아 주는 세탁
부 토끼와 연결, 크리스마스빵은 별을 닦아야 존재하는
청년과 연결된다.

작가의 전략이 탁월하다. 주인공 구루미에게 현실감
을 부여해서 독자의 공감을 불러일으킨 점도, 작가의
섣부른 개입이 없는 결말도 산뜻하다. 이야기가 끝나도
여전히 구루미가 숲속에서 빵을 만들고 있을 것만 같
고, 꼭 그러면 좋겠다는 바람도 생겨서 나머지를 상상
하고픈 독후감이 독자에게 남는다.

인상적인
결말

어떤 사건의 결말이든 주인공이 직접 문제를 겪으며 인식이 바뀌어야 끝난 것이고, 그 과정은 독자의 공감이 있어야만 드디어 끝났다고 인정받는다. 강력한 결말은 인상적인 효과를 기대할 수 있다. 나쁜 예라고 할 수 있는 결말은 '동화니까'라는 편견을 남기는 경우일 것이다.

앞에서 다른 설명을 위해 『차마 말할 수 없는 이야기』를 언급했는데 인상적인 엔딩의 예로도 이 작품을 살펴보는 게 좋다. '비셔 선생님의 주소 옆에는 "침묵을 깨야 복통이 멈출 거야!"라는 글귀가 쓰여 있었다. 아직도 제 입으로 말할 용기는 나지 않았다. 다만 직접 그린 망가를 보여 드리면 선생님은 크리스티안이 차마 말로 이야기하지 못하는 것을 이해할 게 분명했다. 다행히 비셔 선생님은 오래전부터 기다리고 있었다는 듯이 크리스티안과 토비아스를 맞아들였다.' 이 마지막 장면으로 전체 맥락을 짐작할 수는 없다. 당연하다. 여기에 무슨 내용이 들어 있다는 거지? 할 테니 말이다.

친아버지로부터 지속적인 성폭행을 당하는 소년 크리스티안이 '가족의 명예'를 지켜야 한다는 아버지의 억압과 '내가 먼저 아버지의 침대로 기어들어갔다'는 죄의식, 이 진실을 밝히면 가족이 더 이상 가족으로 지낼 수 없다는 두려움 때문에 진실을 함구하다 상담 선생님 비셔를 찾아가는 것으로 이야기가 끝난다. 이게 바로 그 장면이다.

크리스토퍼가 용기를 내서 행동하게 된 이유는 자신을 위한 결심도 주변의 도움도 아닌 조카를 위한 선택이다. 보통 이런 문제에 '너는 잘못이 없어' 혹은 '네 옆에 도와줄 어른이 있어'라는 설득이 문제 해결 코드인 경우가 대부분인데 여기서는 기저귀를 차는 조카를 아버지가 성폭행 대상으로 선택했다는 것을 깨닫고 나서야 결심하는 것으로 결말을 짓는다. 누군가의 도움이 아닌 스스로 위기의식을 깨닫고 내린 결정이라 이 문제가 독자에게는 더 뼈저리게 느껴지면서 문제의 심각성이 강렬하게 다가온다. 충격적이며 암담한 상황이다. 속 시원한 단죄도 없다. 그러나 독자가 이제부터 주인공의 상황이 나아지리라 믿을 수 있는 건, 주인공의 행동이 달라졌기 때문이고, 주인공이 변하는 과정에서 독자의 신뢰감을 얻었기 때문이다. 작가의 섣부른 결론이 아니었다.

주정뱅이 아빠의 폭력 때문에 집에 돌아갈 수 없는

주인공이 친구와 한뎃잠을 자는 장면으로 끝나는 알프레도 고메스 세르다의 『도서관을 훔친 아이』(풀빛미디어 2018)를 살펴보자. 아빠에게 갖다 줄 술을 사느라 도서관에서 책을 훔치던 주인공이 변화가 필요하다는 걸 깨닫고 도서관 대출증을 만들고자 나누는 대화가 서사의 결말이다. 주인공이 '사진 두 장 찍으려면 얼마가 필요할까?' 하고 묻자 친구가 제 아빠가 5,000페소를 주고 사진 찍었다고 말해 준다. 주인공은 '그러면 우리 둘이 10,000페소가 필요하네' 했고, 친구가 '훔칠 생각은 아니지?' 했다. 둘은 폭풍우 속에서 한뎃잠을 청한다. 폭풍이 가라앉고 비가 그쳤을 때 은신처 바로 앞까지 물이 찼다는 걸 알고는 '우리는 운이 좋았어' '정말 다행이야' 하며 서로 끌어안는 결말이다.

내용을 모르고 보면 밋밋하기 짝이 없는 결말이다. 또래 아이들이 일상적인 대화를 하는 정도로 보이니까. 가장도 보호자도 못 되는 알코올 중독자 아버지가 폭력을 쓰는 건 물론 알아서 술을 구해 오라는 요구를 번번이 하는데 어린 카밀로가 술을 구할 방법은 도서관의 책을 훔쳐다 파는 것뿐이다. 두 아이가 도서관에 오는 이유가 독서 때문이 아니라 훔치기 위해서라는 걸 사서는 알고 있다. 하지만 모르는 척하고 아이들을 기다려

주고 두 아이는 책을 훔치는 대신 도서 대출증을 만들려고 한다. 전체 내용을 안다면 이토록 아프고 가슴 시린 결말이 없다는 것을 인정할 것이다.

서사의 결말은 문제가 다 해결되어 평온의 상태에 이르는 것이지만 독자가 책장을 덮고 생각할 시간을 가질 수 있게, 독자가 결말 이상을 상상할 수 있게 했을 때 인상적이라는 점은 강조할 만하다.

11.
어떤 문장으로 독자의 시선을 잡을까
— 동화의 문장과 서술어

학생들과 소통하다 보면 동화 창작 초기에 가장 어려움을 겪는 문제가 문장이라는 걸 알 수 있다. 소설 쓰기에 문제가 없는 학생도 동화 문장은 어려워한다. 문장이 맞고 틀리고의 문제라기보다 화자로 설정한 인물의 시점을 확보하는 데에 실수가 있다고 해야겠다.

동화의 문장법에서 가장 중요한 건 어린이다. 누누이 강조했듯이 동화에서 가장 신경 써야 할 부분이 어린이 인식이다. 어린이 인식을 놓치지 않으면 시점 오류는 꽤 빨리 교정될 수 있다. 동화의 문장은 서술자(화자)의 지문과 등장인물들의 대화로 이루어지는데 대화의 빈도가 소설보다 높은 편이다.

문장에는 작가만의 습관이 드러나게 마련이다. 작가의 개성이 담긴 문장을 문체라고 한다. 문장에 작가의 개성이 담길 수밖에 없는 이유는 문장이 작가의 호흡과 같기 때문이다. 사람마다 말하는 방식이 다르듯 작가마다 추구하는 문장이 있는데 이는 의도라기보다 자연스러운 현상이다. 짧고 간결하게 말하는 경우, 느리고 길게 말하는 경우, 리듬감을 좋아하는 경우나 도치법을 자주 쓰는 경우 등이 작가를 규정하는 분위기로 굳어져 때로는 문장만 보고 작가를 짐작하기도 한다.

동화 지문의 특성

동화의 문장은 구체적이어야 한다. 어른이 동화 창작을 처음 시도할 때 가장 먼저 지적을 받는 게 문장이다. 예쁜 표현, 시적인 분위기를 어설프게 시도하다 모호한 문장을 보여주는 예는 아주 흔하다. 어린이는 모호한 문장을 이해하지 못하니 상황을 이해하고 이미지를 연상할 수 있게 적확한 표현을 해야 한다.

주어와 서술어가 어긋나서 비문이 돼 버리는 문제도 많다. 문장이 길어질 때 주술 관계가 꼬이곤 하는데 주어와 서술어를 확인하면 교정할 수 있다. 주어는 화자이고 행위자이고, 서술어는 주어와 일치해야 한다.

또 시제(과거형, 현재형, 미래형)를 정확히 표현해야

한다. 서술어를 대략 '~한다/~했다/~할 것이다' 로 나누었을 때 행위가 진행 중이면 '~한다', 완료 상태면 '~했다', 할 예정이면 '~할 것이다'로 맞춰야 한다.

경어체 남용도 주의해야 한다. 주어가 어른이나 선생님일 경우, 높임 표현 '-시-'를 쓰곤 하는데, 지문에서는 생략하는 게 자연스럽다. 특별한 목적이 아니라면 기본형을 쓰는 게 좋다. 예를 들어 '할아버지(할머니, 선생님)께서 나를 보시고 말씀하셨다'는 '할아버지(할머니, 선생님)가 나에게 말했다'는 정도로 표현해도 무리가 없다.

한 문장에 같은 낱말을 중복해서 사용하지 않는 게 좋다. 연이은 문장에 같은 낱말을 써야 할 경우도 마찬가지다. 유사 의미의 다른 낱말을 써서 분위기를 바꿀 필요가 있다.

동화의 좋은 문장이 예쁜 단어의 조합이라는 생각은 편견이다. 문장의 기본적인 역할은 작가의 생각과 이야기의 정보 혹은 상황을 독자에게 전달하는 것이다. 작가의 머릿속 장면을 독자에게 전하려면 바로 그 장면을 독자가 연상할 수 있도록 안내해야 하는데 그 안내자가 바로 문장이다. 문장 자체를 꾸미느라 애쓰기보다 가야 할 지점을 위해 문장은 군더더기 없이 표현해야 한다.

동화의
대화체 특성

　　　　　　동화에는 대화체가 많다. 그래서 지문과
묘사문을 거의 생략하고 대화문을 죽 늘어놓는 경우가
있는데 글이 가벼워 보일 우려가 있다. 대화문 활용에
도 목적이 있다.

❶ 인물의 성격, 감정, 상황 드러내기
❷ 등장인물, 정보 유입 효과
❸ 빠른 상황 전환
❹ 지문보다 인상적인 입체감

대화문도 전략적으로 배치해야 한다. 누가 부르고 그
저 대답하는 정도는 서사 진행에 도움이 될 경우가 아
니라면 대화로 쓰지 않아도 된다.

화자(주인공)와
독자의 관계

　　　　　　동화의 화자와 독자는 밀접하게 맞물
린 관계이다. 작가는 독자 대상을 고려해서 화자의 인
식 수준과 화법, 그리고 다루어야 할 사건의 수위를 맞
춰야 한다. 여러 조건을 신경 쓴다고 해도 현실의 독자
는 불특정 대상일 수밖에 없으니 설정 화자를 입체적으

로 묘사하여 독자를 이끄는 게 우선이다. 독자의 나이를 염두에 두고 화자를 설정하면 언어 수준, 문장 길이, 문장 난이도, 서술어 등등이 대략 정해진다. 어린이의 성장 속도는 매우 빠르고 신체 성장에 따라 인식 수준도 달라지기 때문에 세심한 대상 파악이 필요하다.

시중에는 'ㅇ학년이 읽는 동화'라는 타이틀이 붙은 동화책들이 꽤 있다. 이는 출판사의 판매 전략이다. 편의적 발상이라 해도 소비자의 선택을 도와주는 면도 분명히 있다. 어린이의 독서 수준은 학년이 아닌 독서 경험과 인지 분석 능력에 따라 다르지만 창작하려는 이야기와 주인공의 인식 수준에 따라 미취학 아동, 저학년 아동, 고학년 아동으로 구분해 볼 수 있다. 이 또한 편의상 구분일 뿐 정답은 아니다.

미취학 아동

글자보다 이미지 위주. 읽어 주는 동화. 선악 개념이 선명한 이야기. 단순한 구성. 쉬운 문장과 단어. 이야기의 시작과 끝이 명확. 구체적인 표현. 물활론적 사고 가능.

저학년 아동

사춘기 이전 가치관 정도의 아동. 독립적. 반항적. 감성적. 자연스러운 성性 개념 생겨나고 갈등 즐기는 단계. 선악 개념 중시 경향. 구체적인 표현.

고학년 아동

사춘기 이상의 연령. 어른 정도의 사고 가능한 단계. 복합 구성 서사. 중의적 문장 활용 가능. 선악 개념보다 정황에 따라 사고.

한자 대신
한글 표현

문학을 처음 접하는 어린이에게 한자나 영어식 표현보다 한글 표현을 보여주기 바라는 것은 고리타분해 보일 수 있다. 그러나 어린이 문학 작가에게는 어린이의 인성 함양에 어느 정도의 역할이 있다고 할 수 있으니 고민해 볼 문제이다. 어린이가 쓰지 않는 한자나 영어는 되도록 같은 의미의 한글로 풀어 쓰는 게 좋다. 사소해 보일 수 있지만 서술어도 세심하게 볼 필요가 있다.

- ~으로 향했다 ⟶ ~으로 갔다

- ~에 의한 ⟶ ~ 때문에

- ~한 후에 ⟶ ~한 뒤에, ~한 다음에, ~하고 나서

드러낼 상황이 무엇인지에 따라 가장 적절한 낱말을 골라야 하고 이때 우리말을 골고루 활용하기를 권한다. 작가에게 우리말은 자산이니 되도록 다양하게 활용해서 죽는 말이 없게 할 책임이 어느 정도 있다. 최근 신조어가 넘쳐나서 세대 간 소통이 어려울 정도인데 무의미한 조합 언어를 작품에 남용하는 일은 없어야 한다.

퇴고와 탈고

사건 전개를 시작했으면 일단 서사를 끝내야 한다고 앞에서 언급했다. 쓰다 중단하는 습관이 생기면 작품 끝내기가 점점 어려워지니 시작한 서사를 끝내고 퇴고의 단계를 경험해 봐야 한다. 끝내지 못하면 퇴고도 없다.

처음 쓴 원고가 명작인 경우가 얼마나 될까? 초고가 그대로 명작이 된 예도 분명히 있을 것이다. 그러나 내 주변에서는 아직 본 적이 없다. 대단하다 인정받는 작가도 집필의 어려움을 겪는다.

서사를 시작하고 끝내야 할 책임 모두가 작가에게 있다. 출간 과정에 편집자라는 동반자가 있어도 기본적인 책임은 작가의 몫이다. 저작 요소 중 하나라도 부실하면 쉽게 무너지는 게 바로 작품 세계이다. 저작 요소 외에 사소한 글자가 틀리는 실수도 마찬가지 결과로 이어진다. 빈틈이 생겼는데, 그걸 미처 알아채지 못하면 어떤 일이 벌어질까? 출간 과정에서 당연히 발견되겠지만, 불행하게도 빈틈이 있는 채로 책이 나오면 곧바로 독자의 불신으로 이어진다.

예를 들어 작품에 필요한 계절 식물의 시기를 세심하게 점검하지 못하면 그 분야의 전문가로부터 이의가 나올 수도 있다. 문장이 꼬여서 시점 혼란이 생겨도 독자의 신뢰를 잃어버리니 편집자에 의지하지 말고 내 작품의 모든 것은 나에게 달렸다는 사실을 분명히 알아야 한다. 심각한 수준은 아니었으나 나에게도 사례가 있었다. 대개는 오탈자 문제였다. 이미 책이 서점에 깔린 상황에 지인 작가가 전화해서 '몇 페이지 단어 틀렸던데?' 한 것이다. 출간 과정에서 오류를 잡지 못하는 예가 종종 있는 게 사실이다. 사소한 실수 같아도 오류는 전문성을 의심받게 될 문제가 분명하니 작품을 출판사에 넘기기 전에 작가가 자신의 원고를 면밀한 검토해야 한다. 하나하나의 과정이 결국 작가의 몫이다.

1단계: 초고를 완성하라

작업 노트를 작성하는 게 좋다고 앞에서 이미 밝혔다. 당연히 메모를 위한 노트이다. 작품에 관계된 처음부터 끝까지의 모든 정보가 거기에 담겨 있다.

1단계에서는 주변인과 원고에 대한 적극적인 피드백이 필요하다. 계속 고쳐 나갈 만큼 재미가 있는지, 독자를 설득할 만한지 알아야 하기 때문이다. 이때의 주변인은 성향이 조금 달라도 좋다. 내가 미처 알아차리지 못한 실수를 봐줄 수 있다. 이야기가 좋아서 읽는 정도의 지인이라면 순수하게 재미의 가능성을 확인할 수 있다. 어느 경우든 작가는 초고에 대한 피드백을 수렴하는 자세를 가져야 하지만 피드백 내용을 모두 수용할 필요는 없다.

2단계: 수렴한 정보를 보완하여 다시 쓰라

다시 쓰라니. 이런 이야기를 들으면 걱정될 게 분명하다. 초고를 버리라는 뜻인가 싶겠지만, 파일을 만들어서 번호를 붙여 저장하고, 새 파일을 만들라는 뜻이다. 같은 이야기를 빈 모니터에 다시 써 보는 건 좋은 연습이다.

3단계: 이야기를 다시 구성하여 쓰라

동일 사건을 다시 구성하여 다시 쓰라는 뜻이다. 물

론 초고는 저장해 둬야 한다. 초고가 남아 있으면 새로 구성하는 일에도, 빈 모니터에 다시 쓰는 일에도 두려움이 없다. 오히려 전개에 군더더기가 빠지고 서사가 선명해진다. 서사와 거리감을 유지하고 혼자서 판단할 수 있는 정도의 자신감이 생기는 장점도 있다. 이 과정을 반복하다 보면 이야기가 점점 더 분명해지고, 애초에 의도한 주제 의식도 잘 드러나게 된다. 창작 훈련을 위해서 다음 한 가지가 더 필요하다.

4단계: 주인공을 바꿔서 같은 이야기를 다시 쓰라

이는 같은 상황의 다른 이야기가 탄생하는 일이자 사건이나 상황을 보는 시각을 바꾸는 훈련이다. 운이 좋다면, 두 작품을 얻을 수도 있다. 주인공 외 다른 인물의 내면을 살피고 작가의 시각이 교정되고 확장되는 일이니 틀림없이 흥미로운 쓰기 법이다.

퇴고의 마지막 단계는 문장 기호와 오탈자를 확인하는 단계이다. 마지막 문장의 마침표를 찍어야 서사가 끝난다. 아직 출판사에 넘겨도 될 수준은 아닐지 몰라도 작업을 끝냈다는 희열은 소중한 경험이니 쓰다가 포기하는 일이 없어야 한다.

동화를 창작하는 일은 집을 지어 나가는 과정과 흡사하다. 어른과 아이가 각각의 존재감으로 어울리면서 문제를 해결해 나가는 동안 구성원 모두가 성장하는 이야기집이 동화이다. 이 과정의 이야기가 설사 암담하거나 무겁더라도 머릿속의 생각을 문자로 확인하는 쓰기 자체에서 창작자는 의미를 찾고 즐거워야 이야기를 끝낼 수 있고 이 문자의 조합은 독자에게 이미지로 연동되어야 생명력을 얻는다. 이야기를 마무리하기까지 적지 않은 시간이 걸리고 창작자마다 작업 방식이 다르니 무엇이 답이라고 단언하기는 어렵다. 처음부터 끝까지 일단 쓰고 나서 퇴고 하는 창작자도 있고, 처음부터 무수히 고쳐 나가는 방식에 안심하는 창작자도 있다. 결말을 정하지 않고 나아가기도 하고, 결말을 정하고 그 종착지로 가기 위해 질주하는 창작자도 있다. 어떤 방식이든 쓰기 시작했으면 기어이 마무리하기를 바란다.

이야기가 뜻대로 풀리지 않아서 작업을 중단하고픈 위기가 몇 번이고 찾아올 것이다. 진행하고 싶은 이야기가 분명히 있는데 작업 과정에서 다른 이야기가 더 매력적으로 느껴져 쓰던 것을 중단한 채 아예 새로운 이야기에 매달리는 일은 흔하다. 진행하는 이야기의 항로를 바꿔 다른 지점으로 치닫는 경우도 많다. 이는 대개 이야기가 계획대로 풀리지 않을 때의 현상이다. 활동 경력이 많은 작가라도 새 작품을 시작할 때는 매번 모니터의 여백에 시달린다. 창작 경험이 적은 사람이야 극복해야 할 문제가 더할 수밖에 없다. 전개 방향을 전환했을 때는 어차피 부담이 큰 상황을 피한 셈이라 홀가분한 마음마저 들고 중단해야만 했던 온갖 핑계로 자기 합리화를 하게 된다. 피하고 싶었던 문제나 풀리지 않는 원인을 해결하지 못하면 다른 길로 빠지게 마련이다. 난관을 피하지 말고 문제를 해결해야만 한다. 집필 작업은 오롯이 작가 본인이 선택한 일이므로 대신 해 줄 자가 없다. 창작자가 난관을 관통하지 못하면 완성작이란 없다.

이런 위기를 대비하고자 작업 설계도가 필요하다. 이 글을 왜 쓰고 싶었는지, 어떤 소재에서 무엇을 발견했는지, 포착한 아이디어에서 어떤 사건을 상상했는지 적어 둔 설계도가 있다면 작업 과정에서 혹시 길을 잃더라도 어긋난 지점을 찾아낼 수 있고, 어쩌면 어긋난 지점의 문제점을 해결하기 위해 공부가 더 필요할 수도 있다. 이 상황을 회피하면 이야기가 모호해지고 방향성도 잃게 되는데 이럴 때는 일단 쓰기를 멈추고 처음부터 다시 이야기를 검토하는 것도 방법이다. 분명히 어느 지점에서 불필요한 요소가 끼어들었을 것이다. 휴식은 할망정 다른 이야기 시작은 다음으로 미루는 게 좋다. 기왕 시작한 이야기는 끝내는 습관을 길러야 한다.

매력적인 사건에서 출발한 이야기가 한 권의 책이 되기까지 만만찮은 노력과 시간이 소요된다. 이 지난한 과정을 감당하고 끝을 보아야 분신과도 같은 자신만의 책을 만날 수 있다. 때로는 물도 없이 사막을 건너는 심정일 테지만 이야기 창작에 매력을 느끼는 사람이라면 쓰기를 포기하는 게 되레 고통일 테니 자신의 이야기를 밀고 나가기를 바란다. 독방에 갇혀도 오래 견딜 수 있는 존재가 있다면 바로 창작자일 것이다. 하물며 동화는 사람의 첫 마음이자 자유로운 존재인 어린이를 중심에 둔 문학이다. 기쁘게 접근하여 진정한 유희를 경험하는 기회가 되기를 바라는 마음이다.

황선미